I0755002

CUENTOS DE LOS HERMANOS GRIMM

Austral Intrépida

JACOB Y WILHELM GRIMM

CUENTOS DE LOS HERMANOS GRIMM

Traducción

Isabel Hernández

Ilustraciones

Otto Ubbelohde

Obra editada en colaboración con Editorial Planeta – España

Títulos originales: *Der Froschkönig oder der eiserne Heinrich; Märchen von einem, der auszog, das Fürchten zu lernen; Der Wolf und die sieben jungen Geißlein; Rapunzel; Die drei Spinnerinnen; Hänsel und Gretel; Von dem Fischer un syner Fru; Das tapfere Schneiderlein; Aschenputtel; Rotkäppchen; Die Bremer Stadtmusikanten; Daumesdick; Dornröschen; Sneewitchen; Rumpelstilzchen*

Hermanos Grimm

Bajo el sello editorial AUSTRAL M.R.
Avenida Presidente Masaryk núm. 111, Piso 2
Colonia Polanco V Sección, Miguel Hidalgo
C.P. 11560, Ciudad de México
www.planetadelibros.com.mx

Diseño de colección: Austral / Área Editorial Grupo Planeta
Ilustración de portada: © Lorena G.

Primera edición impresa en España en Austral: octubre de 2018
ISBN: 978-84-08-19597-9

Primera edición impresa en México en Austral: septiembre de 2019
Tercera reimpresión en México en Austral: diciembre de 2025
ISBN: 978-607-07-6111-9

Impreso en los talleres de Litográfica Ingramex, S.A. de C.V.
Centeno núm. 162-1, colonia Granjas Esmeralda, Ciudad de México
Impreso en México –*Printed in Mexico*

Intrépido lector:

¿Quién anda ahí? ¿Es acaso un sapo? ¿O una niña y un niño dejando migas de pan? ¿Puede que un cazador? ¿O será el lobo? ¿A quién estará siguiendo? ¡Ah!, quizá sea una bruja llevando una manzana muy apetitosa a alguna bella muchacha...

Creo que habrás oído hablar de alguno de estos personajes de cuento, muy posiblemente te hayan acompañado mientras cerrabas los ojos antes de dormir. Quién sabe si incluso los hayas visto hacer de las suyas en el cine o en la televisión. Sin embargo, lector curioso, querrás saber que éstos son los cuentos originales, tan antiguos que también entretuvieron a jóvenes, padres y abuelos de muchas generaciones antes de a ti, y te sorprenderá encontrarte con que no son tan dulces como creías suponer.

No temas las inquietas sombras del bosque ni al aullido ensordecedor del lobo. Estos cuentos están escritos para valientes como tú.

CUENTOS DE LOS HERMANOS GRIMM

El rey sapo o Enrique el de hierro

En tiempos remotos, en los que un deseo todavía servía para algo, vivía un rey cuyas hijas eran todas muy hermosas, pero la pequeña lo era tanto que el mismo sol, que había visto tantísimas cosas, se maravillaba cada vez que brillaba sobre su rostro. Cerca del palacio del rey había un gran bosque sombrío, y allí, bajo un viejo tilo,[1] había un estanque. Los días de mucho calor, la hija del rey iba al bosque y se sentaba al borde del refrescante estanque, y cuando se aburría, cogía una bola de oro, la lanzaba a lo alto y volvía a atraparla; ése era su juguete favorito.

1. Árbol de gran tamaño de cuyas flores en infusión se prepara la tila, de efecto calmante.

Un día aconteció que la bola de oro de la hija del rey no cayó en la manita que tenía en alto, sino en el suelo y, rodando, fue a parar al agua. La hija del rey la siguió con la mirada, pero la bola desapareció y el estanque era tan profundo, tan profundo, que no se veía el fondo. Entonces empezó a llorar, cada vez más y más, incapaz de encontrar consuelo. Y mientras se lamentaba de esta manera, alguien la llamó:

—¿Qué te sucede, hija del rey? Gritas tanto que hasta las piedras se apiadarían de ti.

Se volvió hacia el lugar de donde procedía la voz y vio a un sapo que sacaba su cabeza gorda y fea de entre las aguas.

—Ah, eres tú, viejo pisacharcas —dijo—. Lloro por mi bola de oro, que se me ha caído en el estanque.

—Tranquilízate y no llores —contestó el sapo—, seguro que puedo remediarlo, pero ¿qué me darás tú a cambio si te devuelvo tu juguete?

—Lo que desees, querido sapo —dijo—, mis ropas, mis perlas y piedras preciosas, incluso la corona de oro que llevo puesta.

—Ni tus ropas ni tus perlas ni tus piedras preciosas, ni siquiera tu corona de oro, me gustan —res-

pondió el sapo—, pero si me trataras con cariño, y yo fuera tu amigo y tu compañero de juegos, y pudiera sentarme a tu lado en tu mesita, comer de tu platito de oro, beber de tu vasito y dormir en tu camita, si me prometes todo esto, entonces bajaré al estanque y te subiré la bola de oro.

—Ay, sí —dijo ella—, te prometo todo lo que quieras si me vuelves a traer la bola.

Sin embargo, pensaba: «Qué bobadas dice este sapo tan ingenuo, él vive en el agua croando con los suyos y no puede ser amigo de ningún ser humano».

El sapo, en cuanto ella le dijo que sí, sumergió la cabeza, se zambulló[2] y, al cabo de un ratito, volvió a salir a la superficie con la bola en la boca y la dejó en la hierba. La hija del rey se alegró sobremanera[3] al volver a ver su querido juguete, lo cogió y se marchó corriendo.

—Espera, espera —gritó el sapo—, llévame contigo, yo no puedo correr tan deprisa como tú.

Pero ¿de qué le sirvió gritar «croac, croac» todo lo alto que pudo? Ella no le escuchó, se fue corrien-

2. Se introdujo con gran energía en el agua.
3. En un grado considerable.

do a casa y rápidamente se olvidó del pobre sapo, que tuvo que volver a su estanque.

Al día siguiente, cuando ya se había sentado a la mesa con el rey y los demás cortesanos y estaba comiendo en su platito de oro, algo empezó a subir a rastras por la escalera de mármol, chip, chap, chip, chap, y, cuando hubo llegado arriba, llamó a la puerta y gritó:

—Hija del rey, jovencita, ábreme.

Ella fue corriendo a ver quién estaba fuera y, al abrir la puerta, allí estaba plantado el sapo. Entonces cerró a toda prisa, volvió a sentarse a la mesa y le entró mucho miedo. El rey se dio cuenta de que el corazón de su hija latía muy deprisa y dijo:

—Hija mía, ¿de qué tienes miedo? ¿Acaso hay algún gigante en la puerta que quiera llevarte consigo?

—Oh, no —respondió—, no es un gigante, sino un repelente sapo.

—¿Y qué es lo que quiere de ti ese sapo?

—Ay, papá querido, ayer, cuando estaba en el bosque jugando al lado del estanque, se me cayó al agua la bola de oro. Y entonces me puse a llorar, el sapo la sacó y, como era lo que me pedía, le prometí que seríamos amigos, pero nunca pensé que pudiera salir del agua. Ahora está afuera y quiere entrar.

Entretanto llamaron por segunda vez y se oyó gritar:

—Hija del rey, jovencita,
ábreme la puerta,
¿no recuerdas ya tal vez
lo que me dijiste ayer
junto al estanque del agua fresquita?
Hija del rey, jovencita,
ábreme la puerta.

—Lo que has prometido, tienes que cumplirlo —dijo entonces el rey—; ve y ábrele.

Ella fue hasta la puerta y la abrió; el sapo entró de un salto y la siguió hasta su silla.

—Súbeme hasta donde estás tú —dijo, una vez sentado.

Ella titubeó hasta que el rey acabó por ordenárselo. Una vez que el sapo estuvo en la silla, quiso subirse a la mesa y, cuando estuvo allí sentado, dijo:

—Ahora acércame tu platito de oro para que podamos comer juntos.

Por supuesto que así lo hizo, pero se vio muy bien que no de muy buena gana. El sapo saboreaba la comida, pero a ella se le atragantaba cualquier bocadito.

—He comido mucho y estoy cansado —dijo luego el sapo—, llévame ahora a tu cuartito y prepara tu camita de seda para que nos acostemos.

La hija del rey se echó a llorar, porque le daba mucho miedo aquel sapo frío al que no se atrevía a tocar y que ahora tenía que dormir con ella en su camita tan bonita y tan limpia. Pero el rey se puso furioso y dijo:

—No desprecies jamás a quien te ha ayudado cuando lo necesitabas.

Entonces ella lo agarró con dos dedos, lo subió a su cuarto y lo dejó en un rincón. Pero cuando ella estaba ya metida en la cama, llegó el sapo y le dijo:

—Estoy cansado y quiero dormir igual de bien que tú; súbeme o se lo digo a tu padre.

Entonces ella se enfadó muchísimo, lo cogió y lo lanzó con todas sus fuerzas hasta estrellarlo contra la pared:

—Ahora sí que vas a descansar, sapo asqueroso.

Pero tras caer al suelo ya no era un sapo, sino el hijo de un rey, de hermosos y amables ojos. Ahora, por voluntad de su padre, iba a ser su adorado amigo y su esposo. Entonces le contó que una malvada bruja lo había hechizado y que nadie más que ella hubiera podido liberarlo del estanque, y que al día siguiente se marcharían juntos a su reino. Luego se durmieron y a la mañana siguiente, cuando el sol los despertó, llegó un carruaje tirado por ocho caballos blancos con blancas plumas de avestruz en la cabeza y cadenas doradas, y detrás iba el criado del joven rey, que era el fiel Enrique. Éste se había sentido tan triste cuando su señor se vio transformado en un sapo que se había hecho colocar tres cadenas de hierro alrededor del corazón para que no se le saliera de dolor y de pena. Pero el carruaje tenía que llevar al joven rey a su reino; el fiel Enrique los metió dentro a los dos, volvió a colocarse detrás, loco de alegría por que se hubiera roto el maleficio. Y cuando llevaban recorrido ya un trecho del camino, el hijo del rey oyó un ruido a sus espaldas, como si algo se hubiera roto. Entonces se volvió y exclamó:

—Enrique, el carruaje se va a romper.

—No, mi señor, el carruaje no es,
es una cadena de mi corazón,
que yacía sumido en un gran dolor

cuando estabais en el estanque metido
y en un gran sapo convertido.

Una segunda vez y otra más se oyó un ruido por el camino, y el hijo del rey siempre creía que el carruaje se iba a romper, pero eran tan sólo las cadenas que saltaban del corazón del fiel Enrique porque su señor estaba liberado del hechizo y era feliz.

Cuento de uno que se marchó a aprender lo que era el miedo

Un padre tenía dos hijos: el mayor de ellos era listo y espabilado y sabía apañárselas solo en todo momento, pero el pequeño era tonto, incapaz de entender ni de aprender nada, y, cuando la gente lo veía, decía:

—¡Con éste el padre va a tener su cruz!

Cuando había algo que hacer, siempre tenía que encargarse de ello el mayor; pero si el padre, ya tarde o incluso de noche, le mandaba a por algo y el camino pasaba por el cementerio o por algún otro lugar tenebroso, respondía enseguida:

—¡Ay, no, padre, yo no voy, qué miedo!

Pues esas cosas lo aterraban.

O cuando por la noche, alrededor de la lumbre, se contaban historias de esas que le ponen a uno los pelos de punta, quienes las escuchaban decían de vez en cuando: «¡Ay, qué miedo!». El pequeño se quedaba sentado en un rincón, escuchándolo todo, sin comprender lo que significaba. «Siempre dicen "¡qué miedo!, ¡qué miedo!". A mí no me da ninguno, seguro que se trata de algún arte del que tampoco entiendo nada.»

Aconteció entonces que el padre le dijo en una ocasión:

—Oye, tú, el del rincón. Te estás haciendo grande y fuerte y debes aprender también algo con lo que ganarte el pan. Mira cómo tu hermano se esfuerza, pero tú eres un caso perdido.

—Caramba, padre —respondió el pequeño—, a mí me gustaría aprender algo y, si fuera posible, me gustaría aprender lo que es el miedo, porque de eso no entiendo nada.

El mayor se rio al oír esto y pensó: «Ay, Dios mío, pero qué tontorrón que es mi hermano, no llegará a nada en toda su vida: para que el árbol no se tuerza al crecer, hay que enderezarlo de pequeño».

—Tendrás que aprender lo que es el miedo —respondió el padre con un suspiro—, pero con eso no vas a poder ganarte el pan.

Poco después el sacristán[4] fue de visita a la casa; entonces el padre se lamentó de su desgracia y le contó el poco talento que tenía su hijo pequeño para cualquier cosa, pues no sabía ni aprendía nada.

—¡Imaginaos que cuando le he preguntado cómo pretendía ganarse el pan, lo único que ha pedido ha sido aprender lo que es el miedo!

—Si no quiere saber nada más —respondió el sacristán—, eso puede aprenderlo a mi lado. Mandádmelo, que ya le daré yo para el pelo.

Al padre le pareció bien porque pensó: «Con éste el chico se llevará un buen escarmiento». Así pues, el sacristán se lo llevó a su casa y le mandó tañer las campanas. Al cabo de algunos días lo despertó a medianoche, le ordenó levantarse, subir a la torre de la iglesia y tocar las campanas. «Ahora vas a aprender lo que es el miedo», pensó; se le adelantó sin que lo oyera y, cuando el muchacho estuvo arriba y se volvió para echar mano a la cuerda de la campana, vio en la escalera, frente al hueco, una figura blanca.

4. Encargado de los objetos que hay en la sacristía, de limpiar la iglesia y de ayudar en determinadas labores al cura.

—¿Quién anda ahí? —preguntó el chico, pero la figura no respondió, y tampoco se movió ni se agitó—. Contesta —gritó el muchacho—, o de lo contrario lárgate, aquí no se te ha perdido nada en mitad de la noche.

Pero el sacristán siguió inmóvil, para que el chico creyera que era un fantasma.

—¿Qué andas buscando aquí? —gritó por segunda vez—. Habla si eres honrado o te tiro por la escalera.

El sacristán pensó que no sería para tanto, guardó silencio y se quedó como si fuera de piedra. Entonces el joven preguntó lo mismo por tercera vez y, como esto también fue en vano, cogió carrerilla y empujó al fantasma escaleras abajo, de modo que rodó diez escalones y se quedó tendido en un rincón. Tras esto se puso a tañer[5] las campanas, volvió a casa, se metió en la cama sin decir una sola palabra y se durmió. La mujer del sacristán estuvo esperando a su marido durante un buen rato, pero éste no regresaba. Al final acabó por entrarle miedo, despertó al joven y le preguntó:

5. Tocar un instrumento musical, especialmente las campanas.

—¿No sabrás acaso dónde está mi esposo? Ha subido a la torre antes que tú.

—No —respondió el muchacho—, pero había alguien en la escalera, frente al hueco, y como no quería contestarme ni marcharse, he pensado que debía de ser un pillo y lo he mandado escaleras abajo de un empujón. Id allí y podréis comprobar si era él, me daría mucha pena.

La mujer salió corriendo y halló a su marido tendido en el suelo, en un rincón con una pierna rota.

Lo bajó de la torre y, entre gritos, fue a todo correr a casa del padre del chico.

—¡Vuestro hijo —exclamó— ha causado una gran desgracia! ¡Ha empujado a mi esposo por la escalera y se ha roto una pierna! ¡Llevaos a ese tunante[6] de nuestra casa!

El padre se estremeció, fue para allá a toda prisa y reprendió al joven:

—¿Qué bromas malvadas son éstas? ¡Debe de habértelas metido en la cabeza el diablo!

—Padre —respondió—, escuchadme, yo soy del todo inocente, él estaba allí, en mitad de la no-

6. Bribón, que se comporta con astucia en su propio beneficio.

che, igual que alguien que tiene intención de hacer algo malo; yo no sabía quién era, y le advertí por tres veces que hablara o que se marchara.

—Ay —dijo el padre—, contigo sólo me pasan desgracias, apártate de mi vista, no quiero verte más.

—Sí, padre, con mucho gusto, esperad sólo a que se haga de día, entonces me marcharé y aprenderé lo que es el miedo, así conoceré también un arte que me pueda dar de comer.

—Aprende lo que quieras —dijo el padre—, a mí me da igual. Aquí tienes cincuenta táleros:[7] con esto márchate a recorrer mundo y no le digas a nadie de dónde eres ni quién es tu padre, pues tendría que avergonzarme de ti.

—Sí, padre, como queráis, si no pedís más que eso, no me costará tenerlo en cuenta.

Cuando se hizo de día, el joven se guardó los cincuenta táleros en el bolsillo y salió en dirección a la carretera principal sin dejar de repetir para sus adentros:

—¡Si pudiera tener algo de miedo! ¡Si pudiera tener algo de miedo!

7. Moneda alemana antigua.

Entonces se le acercó un hombre que había oído la conversación que el chico mantenía consigo mismo y, cuando ya habían avanzado un trecho y podían ver la horca, el hombre le dijo:

—Mira, allí está el árbol en el que siete han celebrado sus bodas con la hija del cordelero y ahora están aprendiendo a volar; siéntate debajo hasta que se haga de noche y entonces aprenderás lo que es el miedo.

—Si no hay más que hacer que eso —respondió el joven—, es cosa fácil, y si aprendo tan rápido lo que es el miedo te daré mis cincuenta táleros. Vuelve a verme mañana temprano.

Entonces el joven fue hasta la horca, se sentó debajo y esperó hasta que se hizo de noche. Y, como tenía frío, encendió un fuego, pero a medianoche el viento era tan helador que ni siquiera con las llamas conseguía calentarse. Y como el viento hacía que los ahorcados chocaran entre sí y se movieran de un lado para otro, pensó: «Si tú te estás helando aquí abajo, los de arriba deben de estar congelándose con tanto meneo». Y, como era compasivo, colocó la escalera contra el árbol, se subió a ella, fue desatándolos uno tras otro y bajó a los siete. Tras esto removió el fuego, lo avivó y los sen-

tó alrededor para que se calentaran. Pero, como allí sentados no se movían, el fuego les prendió la ropa.

—Andaos con cuidado —dijo entonces el muchacho—, de lo contrario os vuelvo a colgar.

Pero los muertos no le escuchaban, sino que guardaban silencio y dejaban que sus harapos[8] siguieran ardiendo.

—Si no queréis hacerme caso —les dijo enfadado—, no puedo ayudaros, no quiero quemarme con vosotros.

Y volvió a colgarlos uno a uno.

Luego se sentó junto a su fuego y se durmió y, a la mañana siguiente, el hombre fue a verlo para cobrar los cincuenta táleros y le preguntó:

—Y bien, ¿ya sabes lo que es el miedo?

—No —respondió—, ¿cómo habría de saberlo? Los de aquí arriba no han abierto el pico y han sido tan tontos que se han dejado quemar los cuatro harapos que llevan puestos.

Entonces el hombre vio que ese día no cobraría los cincuenta táleros y se marchó diciendo:

—Nunca me había encontrado con un tipo como éste.

8. Trozo de ropa o tela muy desgastado.

El joven siguió también su camino y empezó otra vez a hablar para sus adentros:

—¡Ay, si pudiera tener algo de miedo! ¡Ay, si pudiera tener algo de miedo!

Esto lo oyó un carretero que iba tras él, que le preguntó:

—¿Quién eres?

—No lo sé —respondió el muchacho.

—¿De dónde eres? —siguió preguntando el carretero.

—No lo sé.

—¿Quién es tu padre?

—No puedo decirlo.

—¿Qué es lo que mascullas[9] sin cesar para tus adentros?

—Ay —respondió el joven—, yo quisiera tener miedo, pero nadie es capaz de enseñarme cómo.

—Deja de decir bobadas —dijo el carretero— y ven conmigo, a ver si puedo hospedarte esta noche.

Así pues, el joven se fue con el carretero y por la noche llegaron a una posada en la que tenían

9. Hablar para uno mismo, entre dientes.

intención de pernoctar.[10] Al entrar, volvió a decir bien alto:

—¡Si pudiera tener algo de miedo! ¡Si pudiera tener algo de miedo!

Al oír esto, el posadero se rio y dijo:

—Si eso es lo que te apetece, aquí seguro que tendrás ocasión de ello.

—¡Anda, calla! —dijo la posadera—. Algún que otro gracioso ya ha pagado con su vida por ello, sería una pena, una verdadera lástima, que esos hermosos ojos no volvieran a ver la luz del día.

Pero el muchacho replicó:

—Y aunque fuera así de duro, me gustaría aprenderlo, pues para eso me he marchado de casa.

10. Pasar la noche en un sitio, normalmente fuera de casa.

No dejó en paz al posadero hasta que éste le contó que no lejos de allí había un castillo encantado, en el que uno bien podría aprender lo que era el miedo sólo con lograr pasar tres noches en él. El rey había prometido a su hija por esposa a quien se atreviera a intentarlo, y ésta era la doncella más hermosa que iluminaba el sol; vigilados por malvados espíritus, había también en el castillo grandes tesoros, pero si alguien conseguía pasar allí tres noches, quedarían desencantados y podrían hacer a un pobre lo suficientemente rico. Muchos habían entrado ya, pero ninguno había vuelto a salir. A la mañana siguiente el joven se presentó ante el rey y dijo:

—Si se me permite, me gustaría pasar tres noches en vela en el castillo encantado.

El rey lo observó y, como le gustó, dijo:

—Puedes pedir aún tres cosas, pero tienen que ser inanimadas, y puedes llevarlas contigo al castillo.

—Pues pido un fuego, un torno[11] y un banco de tallar con su formón —respondió el chico.

11. Máquina que se maneja con el pie y que hace girar algo sobre su propio eje.

El rey ordenó que por el día le llevaran todas esas cosas al castillo. Cuando iba a hacerse de noche, el joven subió, encendió un luminoso fuego en una de las salas, colocó al lado el banco con el formón y se sentó al torno.

—Ay, si tuviera un poco de miedo —dijo—, pero aquí tampoco aprenderé lo que es.

Hacia medianoche se dispuso a avivar el fuego y, al darle al fuelle,[12] oyó de repente gritar desde un rincón:

—¡Ay, miau, qué frío tenemos!

—¡Estáis locos! —exclamó—, ¿por qué gritáis? Si tenéis frío, venid, sentaos junto al fuego y calentaos.

Y nada más decir esto, dos grandes gatos se le acercaron de un gigantesco salto y se le sentaron uno a cada lado, contemplándolo muy fieros con sus fogosos ojos. Pasado un ratito, cuando se hubieron calentado, dijeron:

—Camarada, ¿jugamos una partida de cartas?

12. Herramienta que captura el aire y lo proyecta con fuerza en una dirección, normalmente consistente en una caja con costados flexibles.

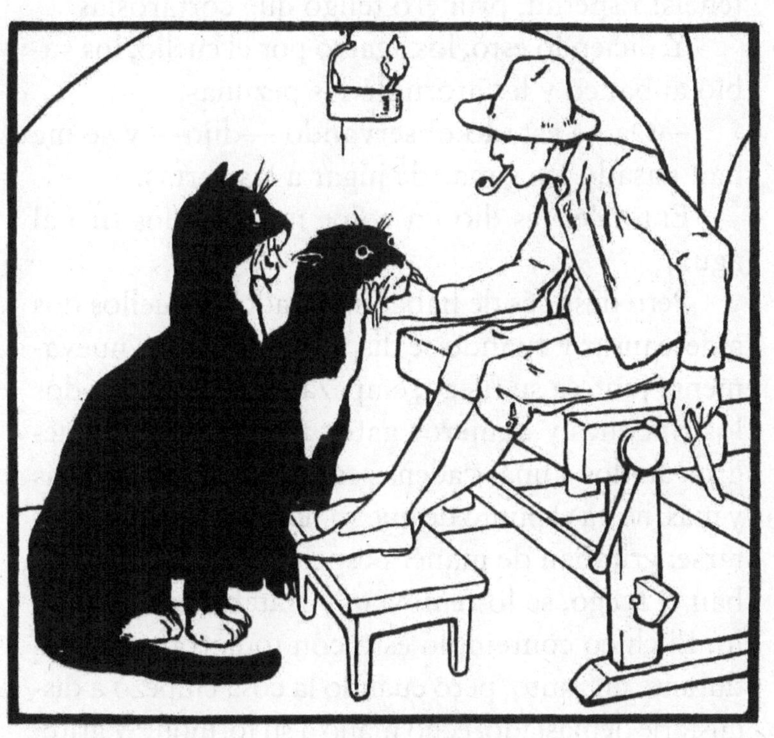

—¿Por qué no? —respondió—. Pero antes enseñadme las pezuñas.

Ellos extendieron las zarpas.

—¡Caramba! —dijo—. ¡Qué uñas más largas tenéis! Esperad, primero tengo que cortároslas.

Y, diciendo esto, los agarró por el cuello, los subió al banco y les atornilló las pezuñas.

—Os he estado observando —dijo— y se me han pasado las ganas de jugar a las cartas.

Entonces les dio un golpe mortal y los tiró al agua.

Pero después de haber mandado a aquellos dos a descansar y cuando se disponía a sentarse nuevamente junto a su fuego, empezaron a salir de todos los rincones y agujeros gatos negros y perros negros atados a unas cadenas candentes, cada vez más y más, hasta el punto de que ya no le fue posible ocultarse: gritaban de manera espeluznante, le pisoteaban el fuego, se lo removían y trataban de apagarlo. El chico contempló esto con toda tranquilidad durante un ratito, pero cuando la cosa empezó a disgustarle demasiado, echó mano a su formón[13] y gritó:

13. Herramienta de carpintería que sirve para tallar la madera.

—¡Eh, chusma! ¡Fuera de aquí! —Y empezó a darles golpes.

Una buena parte se alejó de un brinco, y a los otros los mató y luego los tiró al estanque. Cuando regresó, avivó las brasas del fuego y se calentó. Y estando así sentado, sus ojos no parecían querer seguir abiertos por más tiempo y le entraron ganas de dormir. Entonces miró a su alrededor y vio en el rincón una gran cama.

—Qué bien me viene —dijo mientras se tumbaba en ella.

Pero cuando se disponía a cerrar los ojos, la cama empezó a moverse sola y a correr por todo el castillo.

—Muy bien —dijo—, que siga la juerga.

Entonces la cama empezó a rodar como si estuviera tirada por seis caballos, atravesando dinteles[14] y subiendo y bajando escaleras, y, ¡alehop!, de repente todo se dio la vuelta, lo de abajo hacia arriba, como si tuviera una montaña encima. Entonces lanzó a lo alto mantas y almohadas, se bajó y dijo:

14. Partes superiores de una puerta que tienen como función aguantar la carga.

—Que viaje el que tenga ganas.

Luego se tumbó junto al fuego y durmió hasta que fue de día.

Por la mañana llegó el rey y, al verlo tumbado en el suelo, pensó que los fantasmas lo habían asesinado y que estaba muerto.

—¡Qué pena, un muchacho tan apuesto! —dijo entonces.

El joven lo oyó, se incorporó y replicó:

—¡Todavía no hemos llegado a ese punto!

El rey se quedó perplejo, pero se alegró y preguntó cómo le había ido.

—Muy bien —respondió—, una noche ya ha pasado, las otras dos lo harán también.

Cuando llegó a la posada, el posadero se quedó perplejo de asombro.

—No pensaba que volvería a verte con vida —dijo—, ¿has aprendido ya lo que es el miedo?

—No —contestó—, todo es en vano, ¡si alguien pudiera decírmelo!

La segunda noche volvió a subir al viejo castillo, se sentó junto al fuego y empezó otra vez con su vieja cantinela:

—¡Si pudiera tener algo de miedo!

Al acercarse la medianoche empezó a oírse un

ruido y un traqueteo, primero suave, luego cada vez más fuerte; después se hizo un poco el silencio y, al final, en medio de un gran jaleo, la mitad de un hombre bajó por la chimenea y cayó a sus pies.

—¡Vaya! —exclamó—. Falta la otra mitad, esto es muy poco.

Entonces el ruido volvió a empezar de nuevo, los golpes y los llantos, y la otra mitad cayó también de lo alto:

—Esperad —dijo—, voy a avivar un poco el fuego.

Cuando acabó de hacerlo y miró a su alrededor, los dos pedazos ya estaban juntos y un hombre horrible estaba sentado en su sitio.

—Esto no es lo que hemos acordado —dijo el joven—, ese banco es mío.

El hombre trató de apartarlo de allí, pero el chico no se lo permitió, lo empujó con fuerza y volvió a sentarse en su sitio. Entonces empezaron a caer más hombres, que cogieron nueve piernas de cadáveres y dos calaveras, se incorporaron y empezaron a jugar a los bolos. Al muchacho le entraron también ganas de jugar y preguntó:

—Eh, vosotros, ¿puedo jugar yo también?

—Sí, si tienes dinero.

—Tengo el dinero suficiente —respondió—, pero vuestros bolos no están lo bastante redondos.

Así que cogió las calaveras, las colocó en el torno y las redondeó.

—Eso es, ahora se deslizarán mejor —dijo—. ¡Venga! ¡Ahora sí que será divertido!

Empezó a jugar con ellos y perdió algo de dinero, pero cuando dieron las doce todo desapareció de su vista. Así que se tumbó y durmió plácidamente. A la mañana siguiente llegó el rey para informarse de lo que había pasado.

—¿Qué tal te ha ido esta vez? —preguntó.

—He estado jugando a los bolos —respondió— y he perdido unos cuantos centavos.

—¿Y no has tenido miedo?

—¿Cómo? —dijo—. Me lo he pasado muy bien, ¡si supiera lo que es el miedo...!

La tercera noche volvió a sentarse en su banco y dijo de muy mal humor:

—¡Si tuviera un poco de miedo...!

Cuando ya era tarde entraron seis hombres muy altos portando un ataúd.

—¡Ay, ay! Seguro que es mi primito, que ha

muerto hace unos días —dijo entonces. Hizo una seña con el dedo y gritó—: ¡Ven, primito, ven!

Depositaron el ataúd en el suelo, él se aproximó y levantó la tapa: en su interior había un hombre muerto. Le tocó el rostro, pero estaba frío como el hielo.

—Espera —dijo—, voy a calentarte un poco.

Se dirigió al fuego, se calentó la mano y se la puso en el rostro, pero el muerto seguía estando frío.

Entonces lo sacó, se sentó junto al fuego, lo recostó en su regazo y le frotó los brazos para que la sangre se pusiera de nuevo en movimiento. Como eso tampoco sirvió de nada, se le ocurrió lo siguiente: «Dos personas que están en la misma cama se calientan», así que lo llevó a la cama, lo tapó y se tumbó a su lado. Pasado un rato, el difunto entró en calor y comenzó a moverse.

—¿Lo ves, primito? —dijo el joven—. Si no te hubiera calentado...

Pero el muerto se incorporó y comenzó a gritar:

—¡Te voy a estrangular!

—¿Cómo? —dijo—. ¿Así me lo agradeces? Pues vas a volver ahora mismo al ataúd. —Lo levantó, lo metió en él y cerró la tapa; luego vinieron los seis hombres y se lo llevaron de allí—. Nada me da miedo —dijo—, aquí no aprenderé lo que es aunque me quede toda la vida.

Entonces entró un hombre que era más alto que todos los demás y tenía un aspecto terrible, pero que ya era viejo y llevaba una larga barba blanca, y dijo:

—¡Ay, pequeñajo! Ahora sí que vas a aprender rápidamente lo que es el miedo, porque vas a morir.

—No tan rápido —respondió el muchacho—, si tengo que morir, tendré que estar presente.

—¡Ya te pillaré! —dijo el monstruo.

—Tranquilo, tranquilo, no presumas tanto, soy tan fuerte como tú, y seguro que más.

—Eso ya lo veremos —dijo el viejo—. Si eres más fuerte que yo, te dejaré marchar; ven, vamos a comprobarlo.

Entonces lo condujo por unos oscuros pasillos hasta el fuego de una fragua,[15] cogió un hacha y partió el yunque[16] de un golpe.

15. Horno donde se calientan metales para darles forma.
16. Pieza de hierro en forma de trapecio que se utiliza para trabajar los metales dándoles golpes.

—Yo sé hacerlo mejor —dijo el joven, y se dirigió hacia el otro yunque; para verlo mejor, el viejo se colocó a su lado con su larga barba blanca colgando delante de él.

Entonces el chico cogió el hacha y de un golpe partió el yunque y, a la vez, apresó con él la barba del viejo.

—Ya te tengo —dijo el joven—, ahora te toca morir a ti.

Entonces agarró una barra de hierro y no dejó de darle golpes hasta que el viejo empezó a gemir y le pidió que parara, que a cambio le daría grandes riquezas. El muchacho sacó el hacha y lo soltó. El viejo lo condujo de vuelta al castillo y le mostró tres arcas llenas de oro en una bodega.

—De todo esto —dijo—, una parte es para los pobres, otra para el rey y la tercera es para ti.

Entretanto dieron las doce y el espíritu desapareció, de modo que el joven se quedó a oscuras.

—Ya me las apañaré para salir —se dijo.

Buscó a tientas el camino hacia la sala y se durmió junto a su fuego. A la mañana siguiente llegó el rey y dijo:

—Ahora sí que habrás aprendido lo que es el miedo.

—No —respondió—, ¿cómo iba a hacerlo? Mi difunto primo estuvo aquí y vino un hombre barbudo que me ha enseñado allá abajo un montón de dinero, pero lo que es el miedo no me lo ha explicado ninguno.

—Has desencantado el castillo y te casarás con mi hija —dijo entonces el rey.

—Todo eso está muy bien —respondió él—, pero sigo todavía sin saber lo que es el miedo.

Subieron el oro y se celebró la boda, pero el joven rey, pese a lo mucho que amaba a su esposa y a lo dichoso que era, seguía diciendo:

—¡Si pudiera tener algo de miedo...! ¡Si pudiera tener algo de miedo...!

Esto acabó por enojar a su esposa, pero la doncella de cámara le dijo:

—Voy a ayudaros, ahora sí que va a aprender lo que es el miedo.

Fue hasta el arroyo que atravesaba el jardín y mandó que le cogieran un cubo lleno de gobios.[17] Por la noche, cuando el joven rey estuviera durmiendo, su esposa tendría que destaparlo y echarle encima el cubo lleno de agua fría con los gobios,

17. Peces de agua dulce.

de forma que los pececillos no parasen quietos a su alrededor. Tras hacerlo, el joven rey se despertó gritando:

—¡Ay, qué miedo tengo! ¡Ay, qué miedo tengo, querida esposa! Sí, por fin sé ahora lo que es el miedo.

El lobo y los siete cabritillos

Érase una vez una vieja cabra que tenía siete cabritillos y los quería como sólo una madre quiere a sus hijos. Un día tuvo que ir al bosque a buscar comida; entonces llamó a los siete y les dijo:

—Queridos hijos, voy a ir al bosque, cuidaos del lobo: si entra, os comerá a todos enteros. El malvado se disfraza muchas veces, pero lo reconoceréis enseguida por su voz ronca y sus patas negras.

—Querida madre —respondieron los cabritillos—, tendremos cuidado, podéis marcharos sin preocupación.

Entonces la anciana baló y se puso en camino toda confiada.

No había pasado mucho rato cuando alguien llamó a la puerta de la casa y gritó:

—Abrid, queridos niños, vuestra madre está aquí y os ha traído algo a cada uno.

Pero los cabritillos se dieron cuenta por aquella voz tan ronca de que era el lobo:

—No te abriremos —gritaron—. Tú no eres nuestra madre, ella tiene una voz fina y agradable, pero la tuya es ronca, eres el lobo.

Entonces el lobo fue a una tienda y compró un gran pedazo de tiza; se la comió y así se aclaró la voz. Luego regresó, llamó a la puerta de la casa y gritó:

—Abrid, queridos niños, vuestra madre está aquí y os ha traído algo a cada uno.

Pero el lobo había puesto su negra pata en la ventana; los cabritillos lo vieron y exclamaron:

—¡No te abriremos! Nuestra madre no tiene las patas negras como tú: eres el lobo.

Entonces el lobo fue corriendo a casa del molinero y le dijo:

—Échame harina blanca por las patas.

El molinero pensó: «El lobo quiere engañar a alguien», y se negó a hacerlo, pero el lobo le amenazó:

—Si no lo haces, te devoro.

Entonces al molinero le entró miedo y le dejó las patas blancas. Sí, los humanos son así.

Así que el malvado fue por tercera vez hasta la puerta de la casa, llamó y dijo:

—Abridme, niños, vuestra querida madre ha vuelto a casa y os ha traído algo del bosque a cada uno.

—Primero enséñanos la pata —respondieron los cabritillos—, para que sepamos si eres nuestra querida mamaíta.

Entonces, el lobo puso la pata en la ventana y, cuando vieron que era blanca, creyeron que era verdad todo lo que decía y abrieron la puerta. Pero quien entró fue el lobo. Los cabritillos se asustaron y trataron de esconderse. Uno se metió debajo de la mesa, otro en la cama, el tercero en el horno, el cuarto en la cocina, el quinto en el armario, el sexto debajo de la tina[18] y el séptimo en la caja del reloj de pared. Pero el lobo los fue encontrando y no se anduvo con muchos rodeos: los engulló uno tras otro. Al único que no encontró fue al más pequeño, que estaba en la caja del reloj. Una vez que el lobo hubo calmado su apetito, se largó, se tumbó bajo un árbol en el verde prado y empezó a dormir.

18. Recipiente que sirve para lavarse o bañarse.

No mucho tiempo después regresó del bosque la anciana cabra. ¡Ay, lo que tuvo que ver! La puerta de la casa estaba abierta de par en par: la mesa, la silla y los bancos estaban todos volcados, la tina hecha añicos, habían arrancado de la cama las sábanas y las almohadas. Buscó a sus niños, pero no estaban por ninguna parte. Fue llamándolos uno por uno por su nombre, pero nadie respondió. Al final, cuando le tocó al más pequeño, una voz muy fina contestó:

—Querida madre, estoy en la caja del reloj.

Lo sacó de allí y él le contó que el lobo había entrado y se había comido a todos los demás. Ya podéis imaginar lo que lloró por sus pobres niños.

Al final, salió de casa con toda su pena y el joven cabritillo fue con ella. Cuando llegaron al prado, el lobo seguía allí tumbado, roncando de manera tal que las ramas temblaban. Lo miró bien por todas partes y se percató de que en su vientre repleto algo se movía y pataleaba. «Ay, Dios mío —pensó—, ¿estarán aún vivos mis pobres niños, que se los ha zampado de cena?»

Entonces el cabritillo tuvo que ir corriendo a casa a buscar tijera, aguja e hilo. Luego ella le abrió la barriga al monstruo y, apenas hubo hecho

un corte, ya asomó la cabeza un cabritillo y, al seguir cortando, fueron saliendo uno tras otro los seis, y todos estaban vivos y no habían sufrido el menor daño, porque el monstruo, por su avidez,[19] se los había tragado enteros. ¡Qué alegría! Entonces todos acariciaron a su madre y brincaron locos de contento. Pero la anciana dijo:

—Ahora id a buscar unos pedruscos: con ellos le llenaremos la tripa a este malvado animal mientras esté durmiendo.

Los siete cabritillos trajeron enseguida los pedruscos y se los metieron en la tripa, tantos como

19. Deseo extremo de algo.

pudieron. Luego la anciana volvió a coserlo a toda velocidad de manera tal que el lobo no notó nada y ni siquiera se movió.

Cuando, finalmente, el lobo hubo descansado, se puso en pie y, como las piedras del estómago le daban mucha sed, fue hasta un pozo para beber. Pero al andar y moverse de un lado para otro, las piedras se golpeaban unas con otras en su barriga y hacían mucho ruido. Entonces exclamó:

—¿Qué es lo que suena y resuena
dentro de mi estomaguillo?
Pensaba que seis cabritillos,
y son sólo un montón de piedras.

Y cuando llegó al pozo y se inclinó sobre el agua para beber, las pesadas piedras lo arrastraron hacia dentro y acabó ahogándose entre grandes lamentos. Cuando los siete cabritillos lo vieron, se acercaron corriendo y gritaron:

—¡El lobo está muerto! ¡El lobo está muerto!

Y bailaron muy contentos alrededor del pozo.

Rapónchigo (Rapunzel)

Éranse una vez un hombre y una mujer que desde hacía mucho tiempo deseaban en vano tener un hijo; finalmente, ella concibió la esperanza de que el buen Dios cumpliría su deseo. La pareja tenía una ventanita en la parte trasera de su casa desde la que se veía un espléndido huerto repleto de las flores y las hierbas más hermosas, pero estaba rodeado de un alto muro y nadie se atrevía a entrar en él porque pertenecía a una hechicera muy poderosa y a la que todo el mundo temía. Un día, la mujer estaba mirando al huerto desde esa ventana; entonces vio un arriate[20] lleno de magníficos

20. Porción de tierra, situada al lado de una pared de un jardín o de un patio, donde suelen colocarse flores y plantas ornamentales.

rapónchigos,[21] y se veían tan frescos y tan verdes que se le antojaron y no deseaba otra cosa más que comerlos. El deseo aumentaba día tras día y, como sabía que no podía conseguirlos, fue que-

21. Planta de fruto comestible.

dándose muy demacrada y se la veía muy pálida y triste.

—¿Qué te pasa, querida esposa? —le preguntó su marido, asustado.

—Ay —respondió ella—, si no consigo comerme algún rapónchigo del huerto de detrás de casa, me moriré.

El hombre, que la quería mucho, pensó: «Antes que dejar morir a tu mujer, coge los rapónchigos, cueste lo que cueste».

Así que al anochecer trepó por el muro del huerto de la hechicera, cortó a toda velocidad un manojo de rapónchigos y se los llevó a su mujer. Rápidamente, ésta se preparó una ensalada con ellos, que se comió con gran avidez. Pero le supieron tan, tan bien que al día siguiente le entraron el triple de ganas de comerlos. Para que se quedase tranquila, el marido tenía que volver a trepar al huerto. Así que al hacerse de noche volvió a encaramarse al muro, pero cuando hubo llegado arriba se llevó un enorme susto al ver ante sí a la hechicera.

—¿Cómo te atreves —dijo con una mirada furiosa— a entrar en mi huerto y robarme los rapónchigos? ¡Te van a sentar muy mal!

—Ay —contestó él—, dejad que prevalezca la piedad sobre el derecho, pues lo he tenido que hacer por pura necesidad: mi mujer ha visto vuestros rapónchigos desde la ventana y le han entrado tantas ganas de comerlos que se moriría si no pudiera hacerlo.

—Si es tal como dices —dijo la hechicera dejando de lado su furia—, permitiré que te lleves todos los rapónchigos que quieras, sólo que con una condición: tendrás que darme al niño que dará a luz tu mujer. Le irá bien y yo lo cuidaré como si fuera su madre.

El hombre, de puro miedo, le dijo a todo que sí y, cuando la mujer dio a luz, la hechicera se presentó al punto, le puso a la niña el nombre de Rapunzel (es decir, Rapónchigo) y se la llevó consigo.

Rapunzel era la niña más hermosa que había bajo el sol. Cuando cumplió doce años, la hechicera la encerró en una torre que había en un bosque y que no tenía ni escalera ni puertas, tan sólo una ventanita en lo alto. Cuando la hechicera quería entrar, se ponía debajo y gritaba:

—¡Rapunzel, Rapunzel,
échame tus cabellos!

Rapunzel tenía unos cabellos largos y hermosos, tan finos como el oro hilado. Cuando oía la voz de la hechicera, se desataba las trenzas, las enrollaba en un gancho de la ventana y los cabellos le caían diez metros, y entonces la hechicera subía por ellos.

Pasados algunos años, aconteció que el hijo del rey cabalgaba por el bosque y pasó por delante de la torre. Entonces oyó una melodía tan adorable que se detuvo a escucharla. Era Rapunzel, que, en su soledad, pasaba el tiempo haciendo resonar su dulce voz. El hijo del rey se dispuso a subir y buscó una puerta en la torre, pero no encontró ninguna. Regresó a su casa, pero aquella melodía lo había conmovido tanto que todos los días iba al bosque a escucharla. En una ocasión en que estaba detrás de un árbol, vio que se acercaba una hechicera y escuchó cómo gritaba:

—¡Rapunzel, Rapunzel,
échame tus cabellos!

Entonces Rapunzel soltó sus trenzas y la hechicera subió por ellas. «Si ésta es la escalera por la que se sube, yo también quiero probar suerte.» Y al día siguiente, cuando empezaba a anochecer, se dirigió a la torre y gritó:

—¡Rapunzel, Rapunzel,
échame tus cabellos!

Al instante cayeron los cabellos y el hijo del rey subió por ellos.

Al principio, Rapunzel se llevó un enorme susto al ver llegar a un hombre como sus ojos no habían visto jamás, pero el hijo del rey empezó a hablar con ella muy amablemente y le contó que su canción lo había conmovido tanto que no encontraba sosiego y quería verla en persona. Entonces Rapunzel perdió el miedo y, cuando él le preguntó si quería tomarlo como esposo y ella vio que era joven y apuesto, pensó: «Él me querrá más que la vieja madrina», y le dijo que sí, puso su mano sobre la de él y le habló así:

—Me gustaría irme contigo, pero no sé cómo bajar de aquí. Cuando vengas, trae cada vez un cordón de seda; con ellos trenzaré una escalera y, cuando esté lista, bajaré y me montarás en tu caballo.

Acordaron que entonces él iría a verla todas las tardes, pues durante el día iba la vieja. La hechicera no se percató de nada hasta que un día Rapunzel empezó a decirle:

—Respondedme, señora madrina, ¿cómo es posible que me cueste subiros mucho más a vos que al joven hijo del rey? Él sube en un abrir y cerrar de ojos.

—¡Ay, qué niña malvada! —exclamó la hechicera—. Las cosas que tengo que oírte decir, yo pensaba que te había apartado del mundo, ¡y tú me has engañado!

En su furia agarró los hermosos cabellos de Rapunzel, los enrolló unas cuantas veces en su mano izquierda, cogió una tijera con la derecha y, tris, tras, cortó las lindas trenzas, que cayeron al suelo. Y fue tan despiadada que llevó a la pobre Rapunzel a un desierto, donde ésta tuvo que vivir entre grandes penurias y calamidades.

Pero el mismo día en que desterró a Rapunzel, la hechicera, al llegar la tarde, sujetó las trenzas cortadas al gancho de la ventana, las dejó caer cuando el hijo del rey llegó y gritó:

—¡Rapunzel, Rapunzel,
échame tus cabellos!

El hijo del rey subió, pero no encontró allí a su querida Rapunzel, sino a la hechicera, que lo observaba con ojos malvados y venenosos.

—¡Ajá! —exclamó en tono de burla—, querías llevarte a tu amada, pero el lindo pájaro ya no está en el nido y no canta más, el gato se la ha llevado y, además, te va a sacar los ojos. Has perdido a Rapunzel, nunca volverás a verla.

El hijo del rey se descompuso de dolor y, en su desesperación, se lanzó de la torre: salvó la vida, pero los espinos sobre los que cayó le pincharon los ojos. Ciego, anduvo errando por el bosque, sin comer otra cosa que raíces y bayas y sin hacer otra cosa más que lamentarse y llorar por la pérdida de su amada. Así, en ese estado miserable, anduvo vagando durante algunos años y, finalmente, fue a parar al desierto en el que vivía Rapunzel con los gemelos que había dado a luz, un niño y una niña. Oyó una voz que le resultó conocida y se dirigió hacia allí; al acercarse, Rapunzel lo reconoció y se le echó al cuello llorando. Dos de sus lágrimas humedecieron los ojos del príncipe, que entonces se aclararon de nuevo y volvió a ver con ellos igual que hacía antes. Se la llevó a su reino, donde los recibieron con alegría y vivieron muchos años felices y dichosos.

Las tres hilanderas

Érase una vez una joven muy perezosa que no quería hilar y, dijera su madre lo que dijera, no conseguía que lo hiciera. Al final, la madre se puso tan furiosa y tan impaciente que le dio una paliza, por lo que ella empezó a llorar muy fuerte. Justo en ese momento pasaba por allí la reina y, al oír el llanto, mandó parar, entró en la casa y preguntó a la madre por qué pegaba tanto a su hija que los gritos se oían hasta en la calle. Entonces la mujer se avergonzó de tener que revelar lo holgazana que era su hija, y dijo:

—No puedo hacer que deje de hilar, lo único que quiere es estar siempre hilando, y yo soy pobre y no puedo traerle lino.

—No hay cosa que más me guste oír que el sonido del hilado —respondió la reina— y nada me complace más que el rumor de las ruecas:[22] dadme a vuestra hija y la llevaré a palacio; allí tengo lino suficiente y podrá hilar todo lo que plazca.

La madre se alegró de corazón y la reina se llevó a la niña consigo. Cuando llegaron a palacio la condujo hasta un lugar donde había tres cámaras repletas hasta arriba del más hermoso de los linos.

—Ahora hílame este lino —dijo— y, cuando lo hayas terminado, te daré a mi hijo mayor por marido; aunque seas pobre, a mí no me importa, tu infatigable laboriosidad es dote suficiente.

La joven se asustó hasta lo más profundo de su ser, porque no podría hilar todo aquel lino ni aunque viviera trescientos años y estuviera hilando todo el día, de la mañana a la noche. Cuando se quedó sola, empezó a llorar y pasó así tres días, sin mover una mano. Al tercer día llegó la reina y, al ver que aún no había hilado nada, se asombró mucho, pero la muchacha se disculpó diciendo que no había podido empezar aún del gran pesar que sentía por estar tan lejos de casa de su madre. La reina lo dio por bueno, pero al marcharse le dijo:

22. Instrumentos que se usaban en el pasado para hilar.

—Mañana tienes que haber empezado a trabajar.

La joven volvió a quedarse sola, pero no sabía qué hacer para salir del aprieto y, en su aflicción,[23] se aproximó a la ventana. Entonces vio acercarse a tres mujeres: la primera tenía un pie muy ancho y plano; la segunda, el labio inferior tan grande que le colgaba por encima de la barbilla, y la tercera, el pulgar muy ancho. Se detuvieron frente a la ventana, miraron hacia arriba y le preguntaron a la joven qué le pasaba. Ella les contó su apuro; entonces ellas le ofrecieron su ayuda y dijeron:

—Si nos invitas a tu boda sin avergonzarte de nosotras, y dices que somos tus tías y nos sientas a tu mesa, entonces te hilaremos todo el lino, y en muy poco tiempo.

—Os lo prometo de todo corazón —respondió—, entrad y empezad ahora mismo a trabajar.

Entonces dejó entrar a las tres extrañas mujeres y les hizo sitio en la primera cámara, donde se sentaron y empezaron a hilar. Una estiraba el hilo y pisaba la rueca, la otra humedecía el lino, y la tercera lo torcía y golpeaba con el dedo en la mesa,

23. Tristeza grande.

y cada vez que lo hacía, caía al suelo una cantidad de lino hilado con la mayor delicadeza. Cuando aparecía la reina, ocultaba a las tres hilanderas y, cada vez que venía, le mostraba tal cantidad de lino hilado que ésta no daba fin a sus alabanzas. Cuando la primera cámara estuvo vacía, empezaron con la segunda y luego con la tercera, y pronto ésta también quedó vacía. Entonces las tres mujeres se despidieron y dijeron a la joven:

—No te olvides de lo que nos has prometido, ésa será tu dicha.

Cuando la muchacha le enseñó a la reina las cámaras vacías y el enorme montón de hilo, se organizó la boda y el novio se alegró de tener por esposa a una mujer tan hábil y laboriosa, y no paraba de elogiarla.

—Tengo tres tías —dijo la joven— y, como han hecho muchas cosas buenas por mí, no me gustaría olvidarlas cuando soy tan feliz; permitidme que las invite a la boda y que se sienten a mi mesa.

—¿Por qué no íbamos a permitirlo? —dijeron la reina y el novio.

Cuando empezó la fiesta, las tres doncellas aparecieron con unos extraños ropajes y la novia dijo:

—Sed bienvenidas, queridas tías.

—Ay —dijo el novio—, ¿cómo es que tienes estas amistades tan desagradables? —Tras ello, se dirigió a la del pie ancho y plano y le preguntó—: ¿Cómo es que tenéis el pie tan ancho?

—De pisar la rueca —respondió ésta—, de pisar la rueca.

Entonces el novio se dirigió a la segunda y le dijo:

—¿Cómo es que os cuelga tanto el labio?

—De chupar el lino —contestó ella—, de chupar el lino.

Por último, preguntó a la tercera:

—¿Cómo es que tenéis el pulgar tan ancho?

—De torcer el hilo —respondió—, de torcer el hilo.

Entonces el hijo del rey se asustó y dijo:

—Pues mi hermosa prometida no volverá a tocar nunca más una rueca.

Y de ese modo ella se libró de la pesada tarea de hilar.

Hansel y Gretel

Junto a un gran bosque vivía un pobre leñador con su mujer y sus dos hijos; el niñito se llamaba Hansel y la niñita, Gretel. Tenía poco para llevarse a la boca y, en una ocasión en que el país se sumió en una gran carestía,[24] ya no pudo siquiera procurarles el pan de cada día. Por la noche pensaba en ello en la cama sin dejar de dar vueltas de tanta preocupación; un día suspiró y le dijo a su mujer:

—¿Qué va a ser de nosotros? ¿Cómo vamos a alimentar a nuestros pobres hijos, si ni siquiera tenemos para nosotros mismos?

—¿Sabes, esposo? —respondió la mujer—, mañana de madrugada llevaremos a los niños al bos-

24. Pobreza, falta de alguna cosa, en especial alimentos.

que, allí donde es más espeso; haremos un fuego y le daremos a cada uno un trocito de pan; luego nos iremos a trabajar y los dejaremos allí solos. No encontrarán el camino de vuelta y nos libraremos de ellos.

—No, mujer —dijo el marido—, yo no haré eso. ¿Cómo iba a ser capaz de dejar a mis hijos solos en el bosque? Las fieras llegarían rápido y los devorarían.

—Ay, necio de ti —replicó ella—, entonces los cuatro nos moriremos de hambre, ya puedes ir cepillando las tablas para los ataúdes.

Y no le dejó en paz hasta que aceptó.

—Pero los pobres niños me dan mucha pena —dijo el marido.

Los dos niños tampoco habían podido dormir de hambre y habían oído lo que la madrastra había dicho a su padre. Gretel lloró amargamente y le dijo a Hansel:

—Ahora estamos perdidos.

—Tranquila, Gretel —respondió Hansel—, no estés triste, yo sabré cómo salir de ésta.

Y cuando sus padres se hubieron dormido, se levantó, se puso su chaquetita, abrió la hoja inferior de la puerta y salió. En ese momento la luna lucía con toda su claridad y los blancos guijarros que había delante de la casa brillaban como un montón de monedas. Hansel se agachó y se guardó en el bolsillito de la chaqueta tantos como le cupieron. Luego volvió y le dijo a Gretel:

—No tengas miedo, querida hermanita, duerme tranquila, Dios no nos abandonará.

Y se metió otra vez en la cama.

Cuando empezaba a hacerse de día, antes aun de que hubiera salido el sol, vino la mujer y despertó a los niños:

—Levantaos, perezosos, vamos a ir al bosque a recoger madera.

Luego le dio a cada uno un pedacito de pan y dijo:

—Aquí tenéis algo para mediodía, pero no os lo comáis antes, que luego no tendréis más.

Gretel se guardó el pan bajo el delantal porque Hansel tenía las piedras en el bolsillo. Luego salieron todos juntos en dirección al bosque. Cuando ya llevaban un ratito andando, Hansel se paró y volvió la vista hacia la casa, y lo hizo una y otra vez.

—Hansel —dijo el padre—, ¿qué estás mirando y por qué te quedas atrás? Presta atención y no te olvides de caminar.

—Ay, padre —respondió Hansel—, estoy mirando a mi gatito blanco, que está en lo alto del tejado diciéndome adiós.

—¡Pero qué necio! —replicó la mujer—. Ése no es tu gatito, es el sol de la mañana que se refleja en la chimenea.

Pero Hansel no había estado mirando al gatito, sino a los relucientes guijarros que sacaba de su bolsillo y arrojaba al camino.

Cuando llegaron al interior del bosque, el padre dijo:

—Ahora recoged leña, niños, que voy a hacer un fuego para que no tengáis frío.

Hansel y Gretel fueron juntando ramas secas e hicieron un pequeño montón. Prendieron las ramas y, cuando la llama era ya bien alta, dijo la mujer:

—Ahora, niños, tumbaos junto al fuego y descansad, nosotros vamos al bosque a recoger leña. Cuando acabemos, volveremos a buscaros.

Hansel y Gretel se quedaron junto al fuego y, cuando llegó el mediodía, cada uno se comió su pedacito de pan. Y, como oían los golpes del hacha, creían que su padre seguía cerca. Pero no era el hacha, sino una rama que él había atado a un árbol seco y que el viento movía de un lado para otro. Y, como llevaban ya mucho tiempo allí sentados, los ojos se les cerraron de cansancio y se quedaron profundamente dormidos. Cuando se despertaron, ya era bien entrada la noche. Gretel empezó a llorar y dijo:

—¿Cómo vamos a salir ahora del bosque?

Pero Hansel la consoló:

—Espera sólo un poquito, hasta que salga la luna, y entonces encontraremos el camino.

Y cuando la luna hubo salido del todo, Hansel cogió de la mano a su hermanita y fue siguiendo el rastro de los guijarros, que brillaban como monedas recién fundidas mostrándoles el camino. Caminaron durante toda la noche y, al romper el alba, estaban de vuelta en casa de su padre. Llamaron a la puerta y, cuando la mujer abrió y vio que eran Hansel y Gretel, dijo:

—Niños malvados, ¿cómo es que os habéis quedado tanto tiempo durmiendo en el bosque? Creíamos que no queríais volver.

Pero el padre se alegró, porque le había dolido mucho haberlos dejado allí tan solos.

No mucho tiempo después volvió a haber miseria por todos los rincones del país, y los niños oyeron cómo la madre, por la noche, le decía al padre en la cama:

—Ya hemos vuelto a comérnoslo todo, sólo nos queda media hogaza[25] de pan y después se acabó lo que se daba. Los niños tienen que irse, los adentraremos mucho más en el bosque para que no vuelvan a encontrar el camino, de lo contrario no habrá esperanza para nosotros.

Al hombre aquello le dolió mucho y pensó: «Sería mejor que compartieras el último bocado con tus hijos». Pero la mujer no escuchaba nada de

25. Pan de gran tamaño.

lo que él decía, le reprendía y le hacía reproches. A lo hecho, pecho, y como había cedido la primera vez, tuvo que ceder también la segunda.

Pero los niños aún estaban despiertos y habían escuchado la conversación. Cuando los mayores se durmieron, Hansel volvió a levantarse y se dispuso a salir a coger guijarros como la vez anterior, pero la mujer había cerrado la puerta y Hansel no pudo salir. No obstante, consoló a su hermanita y le dijo:

—No llores, Gretel, y duerme tranquila, el buen Dios nos ayudará.

A primera hora de la mañana vino la mujer y sacó a los niños de la cama. Les dio un trocito de pan, que era aún más pequeño que la vez anterior. De camino al bosque, Hansel iba desmigajándolo en el bolsillo; a menudo se detenía y tiraba una migajita al suelo.

—Hansel, ¿por qué te paras tanto y qué es lo que miras? —dijo el padre—. Sigue tu camino.

—Estoy mirando a mi palomita, que está en el tejado diciéndome adiós —respondió Hansel.

—¡Pero qué necio! —dijo la mujer—. Ésa no es tu palomita, es el sol de la mañana que se refleja en la chimenea.

Pero Hansel siguió arrojando las migajitas por el camino.

La mujer llevó a los niños mucho más adentro del bosque, hasta donde no habían estado jamás en toda su vida. Volvieron a hacer un gran fuego y la madre dijo:

—Niños, quedaos aquí sentados; cuando os canséis, podéis dormir un poco. Nosotros vamos al bosque a coger leña y, por la tarde, cuando hayamos terminado, vendremos a buscaros.

Cuando llegó el mediodía, Gretel compartió su pan con Hansel, que había ido esparciendo el suyo por el camino. Luego se quedaron dormidos, y pasó la tarde, pero nadie vino a buscar a los pobres niños. No se despertaron hasta bien entrada la noche y Hansel consoló a su hermanita diciéndole:

—Gretel, espera sólo hasta que salga la luna, luego veremos las migajitas de pan que he echado por el suelo y que nos mostrarán el camino a casa.

Cuando salió la luna se pusieron en marcha, pero no encontraron ninguna migajita, porque los muchos pájaros que vuelan por el bosque y por el campo se las habían comido.

—Ya encontraremos el camino —le dijo Hansel a Gretel.

Pero no lo encontraron.

Estuvieron andando toda la noche, pero no lograron salir del bosque. Tenían mucha hambre, porque no habían comido más que algunas bayas que había por el suelo. Y como estaban tan cansados que ya no podían ni tenerse en pie, se tumbaron bajo un árbol y se quedaron dormidos.

Hacía ya tres días que habían dejado la casa de su padre. Se pusieron de nuevo en marcha, pero cada vez se adentraban más en el bosque y, si no encontraban pronto ayuda, morirían de sed. Cuando llegó el mediodía, vieron en una rama un hermoso pajarillo, blanco como la nieve, y su canto era tan hermoso que se detuvieron a escucharlo. Al terminar, batió las alas y echó a volar delante de ellos, y ellos lo siguieron hasta que llegaron a una casita, en cuyo tejado se posó, y cuando se acercaron a ella, vieron que la casita estaba hecha de pan y recubierta de pasteles, y que las ventanas eran de azúcar muy clara.

—Vamos a ponernos manos a la obra —dijo Hansel—, tendremos una comida muy feliz. Yo voy a comerme un pedazo del tejado; Gretel, tú puedes comer de la ventana, sabe dulce.

Hansel se encaramó a lo alto y cortó un trozo del tejado para ver cómo sabía, mientras que Gre-

tel se colocó junto a los cristales y los mordisqueó. Entonces una voz muy delicada dijo desde el interior:

—Muerde, muerde, masca, masca,
¿quién mordisquea mi casa?

Los niños contestaron:

—Es el viento, es el viento,
es el niño del cielo.

Y siguieron comiendo sin preocuparse. Hansel, a quien el tejado le estaba sabiendo muy bien, bajó con un buen pedazo y Gretel cogió un cristal bien redondo, se sentó y se puso a dar buena cuenta de él. Entonces, de repente, se abrió la puerta y salió por ella una mujer viejísima, que se apoyaba en una muleta.

Hansel y Gretel se asustaron tanto que se les cayó lo que tenían en las manos. Pero la vieja meneó la cabeza y dijo:

—Caramba, queridos niños, ¿quién os ha traído hasta aquí? Entrad y quedaos conmigo, no os pasará nada malo.

Los cogió de la mano y los llevó al interior de su casita. Les sirvió una buena comida, leche y tortitas con azúcar, manzanas y nueces. Luego preparó dos lindas camitas con sábanas blancas, y Hansel y Gretel se acostaron en ellas y creyeron que estaban en el cielo.

La vieja aparentaba ser muy amable, pero en realidad era una malvada bruja que acechaba a los niños y que había construido la casita de pan solamente para atraerlos hasta allí. Cada vez que uno caía en sus garras, lo mataba, lo guisaba y se lo comía, y para ella era un día de fiesta. Las brujas tienen los ojos rojos y no pueden ver bien de lejos, pero su olfato es muy fino, como el de los animales, y notan si se aproximan seres humanos. Cuando Hansel y Gretel se fueron acercando, se rio con mucha maldad y dijo en tono burlón:

—Ya los tengo, no se me volverán a escapar.

Por la mañana temprano, antes de que los niños se despertaran, se levantó y, cuando los vio a los dos tan adorablemente dormidos, con las mejillas sonrosadas, murmuró para sus adentros:

—Éste sí que va a ser un buen bocado.

Entonces cogió a Hansel con su mano huesuda y lo llevó hasta un pequeño establo, donde lo encerró tras una puerta de rejas: por mucho que chillara, no le serviría de nada. Luego se fue adonde estaba Gretel, la despertó y gritó:

—Levántate, holgazana, trae agua y prepárale a tu hermano algo rico, está ahí fuera en el establo y tiene que engordar. Cuando esté gordo, me lo comeré.

Gretel empezó a llorar amargamente, pero todo fue en vano, y tuvo que hacer lo que la malvada bruja le ordenaba.

Entonces preparó para Hansel la mejor de las comidas, pero para Gretel sólo hubo caparazones de cangrejo. Todas las mañanas la vieja iba hasta el establo y gritaba:

—Hansel, saca el dedo para que vea si pronto estarás gordo.

Pero Hansel sacaba un huesecito y la vieja, que tenía los ojos nublados, no podía verlo y pensaba que eran los dedos del niño, y se asombraba de que no estuviera engordando. Transcurridas cuatro semanas, Hansel seguía estando delgado; entonces la vieja se impacientó y no quiso esperar más.

—¡Hala, Gretel! —le gritó a la muchacha—. Ve deprisa a traer agua; esté gordo o flaco, mañana cortaré a Hansel en pedazos y me lo comeré.

¡Ay, cómo se lamentaba la pobre hermanita al traer el agua y cómo rodaban las lágrimas por sus mejillas!

—Querido Dios, ayúdanos —pedía—, si las fieras nos hubieran devorado en el bosque, al menos habríamos muerto juntos.

—Ahórrate los gimoteos —dijo la vieja—, no te van a servir de nada.

Por la mañana temprano, Gretel tuvo que salir, colgar la marmita[26] con agua y encender el fuego.

—Primero haremos pan —dijo la vieja—, ya he calentado el horno y preparado la masa.

Llevó a la pobre Gretel hasta el horno, del que ya salían unas buenas llamas.

—Agáchate y entra —dijo la bruja— a ver si ya está bien caliente y podemos meter la masa para el pan.

Y una vez que Gretel estuviera dentro, ella cerraría el horno para que la niña se asara en él y, luego, también se la comería. Pero Gretel se percató de lo que pensaba y dijo:

—No sé la manera de hacerlo, ¿cómo tengo que entrar?

—¡Qué niña más tonta! —dijo la vieja—. La abertura es lo suficientemente grande, ¿no la ves? Hasta yo misma podría entrar.

26. Olla de metal que se usa para cocinar.

Se acercó a gatas y metió la cabeza en el horno. Entonces Gretel le dio un empujón y la metió bien dentro, cerró la puerta de hierro y corrió el cerrojo. ¡Uy! La vieja empezó a gritar de tal modo que causaba espanto, pero Gretel salió corriendo y la malvada bruja acabó ardiendo miserablemente.

Gretel, por su parte, fue directa a donde estaba Hansel, abrió el establo y gritó:

—Hansel, estamos salvados, la vieja bruja está muerta.

Entonces él salió de un brinco, como un ave lo hace de la jaula cuando se le abre la puerta. ¡Cómo se alegraron, se echaron el uno al cuello del otro, dieron saltos de alegría y se besaron un montón de veces! Y, como ya no tenían nada que temer, entraron en casa de la bruja, y por todos los rincones había cajas con perlas y piedras preciosas.

—Esto es mejor que los guijarros —dijo Hansel, y se metió en los bolsillos todo lo que pudo.

—Yo también quiero llevarme algo a casa —dijo Gretel, y se llenó el delantalito.

—Pero ahora vámonos —dijo Hansel—, a ver si salimos del bosque de la bruja.

Cuando llevaban ya algunas horas andando, llegaron ante un gran río.

—No podemos cruzarlo —dijo Hansel—, no veo ninguna pasarela ni ningún puente.

—Por aquí tampoco pasan barquitos —respondió Gretel—, pero por allí va un pato blanco; si se lo pido, nos ayudará a cruzar.

Entonces gritó:

—Patito, patito,
Hansel y Gretel aquí están,
ni paso ni puente para cruzar,
llévanos en tu blanco lomito.

El patito se acercó y Hansel se sentó y le pidió a su hermanita que se pusiera a su lado.

—No —respondió la hermana—, sería mucho peso para el patito, nos llevará primero a uno y luego al otro.

Así lo hizo el buen animalito y, cuando estuvieron los dos felices al otro lado y llevaban ya un ratito andando, el bosque fue resultándoles cada vez más y más familiar y, finalmente, divisaron a lo lejos la casa de su padre. Entonces empezaron a correr, entraron de golpe en el cuarto de estar y se echaron al cuello de su padre. Éste no había tenido una sola hora de alegría desde que había dejado a los niños en el bosque, pero su mujer había muerto. Gretel vació su delantalito y las perlas y las

piedras preciosas salieron rodando por la habitación, y Hansel fue sacándose del bolsillo un puñado tras otro de joyas. Entonces se acabaron todas sus penas y vivieron todos juntos y felices. Mi cuento se ha acabado: por allí va un ratón, el que lo coja puede hacerse con él una enorme capa de piel.

El pescador y su mujer

Éranse una vez un pescador y su mujer que vivían juntos en una casucha muy cerca del mar, y el pescador iba todos los días a pescar, y pescaba y pescaba.

Así estaba un día, sumido en sus pensamientos junto a la caña y mirando fijamente las relucientes aguas, y pensaba y pensaba.

En ese momento la caña se hundió y, al tirar de ella, sacó un enorme rodaballo. Entonces el pez le dijo:

—Escucha, pescador, te lo ruego, déjame vivir, no soy un rodaballo de verdad, sino un príncipe encantado. ¿De qué te sirve matarme? Ni siquiera te sabría bien, devuélveme a las aguas y déjame nadar.

—Está bien —dijo el hombre—, no necesitas

hablar tanto, a un rodaballo que sabe hablar, yo lo hubiera devuelto al agua en cualquier caso.

Y diciendo esto, lo devolvió a las relucientes aguas; el rodaballo se sumergió y dejó tras de sí una larga estela de sangre. Luego, el pescador se levantó y se fue a su casucha con su mujer.

—Esposo —dijo la mujer—, ¿hoy no has pescado nada?

—No —repuso el marido—, he atrapado un rodaballo que decía que era un príncipe encantado, así que lo he devuelto al agua.

—¿Y no le has pedido ningún deseo? —preguntó la mujer.

—No —respondió el marido—, ¿y qué iba a desear?

—Ay —dijo la mujer—, pues es terrible tener que vivir siempre en esta casucha que huele mal y es tan repugnante: deberías haberle pedido una casita. Vuelve allí y llámalo; dile que nos gustaría tener una casita, seguro que te lo concede.

—Ay —se quejó el marido—, ¿por qué he de volver allí?

—Porque sí —dijo la mujer—, tú lo has atrapado y lo has devuelto a las aguas, así que seguro que lo hace. Vete ahora mismo.

El hombre no quería ir, pero tampoco deseaba contrariar a su mujer, así que se encaminó a la orilla.

Cuando llegó, el mar estaba todo verde y amarillo, y no tan reluciente como antes. Se quedó allí en pie y dijo:

—Hombrecillo, hombrecillo,
rodaballo de la mar,
mi mujer, la Ilsebill,
quiere hacer su voluntad.

Entonces apareció el rodaballo y dijo:

—Y bien, ¿qué es lo que quiere?

—Ay —dijo el hombre—, como te he pescado, ahora dice mi mujer que debería haberte pedido un deseo. No quiere seguir viviendo en una casucha, le gustaría tener una casita.

—Vuelve a casa —respondió el rodaballo—, ya la tiene.

El hombre se marchó y, cuando llegó, su mujer ya no estaba en una casucha, sino en una casita, sentada a la puerta en un banco. Entonces su mujer le cogió de la mano y le dijo:

—Entra, mira, esto está mucho mejor.

Entraron y en la casa había un pequeño vestíbulo y un cuartito de estar muy agradable, y una habitación con una cama para cada uno, además de una cocina y una despensa, todo muy bien cuidado y con los utensilios necesarios, de cobre y latón. Detrás había también un pequeño patio con gallinas y patos y un pequeño huerto con verduras y frutales.

—Mira —dijo la mujer—, ¿a que es bonito?

—Sí —contestó el marido—, y que siga siéndolo; ahora viviremos muy dichosos.

—Ya pensaremos en ello —dijo la mujer.

Luego comieron algo y se fueron a la cama.

No habrían pasado más de una o dos semanas cuando la mujer dijo:

—Oye, esposo, esta casa también es demasiado estrecha, y el patio y el huerto son muy pequeños, el rodaballo podría habernos regalado una casa mayor. A mí me gustaría vivir en un gran palacio de piedra: ve a ver al rodaballo para que nos regale uno.

—Ay, mujer —dijo el marido—, la casa está muy bien, ¿para qué queremos vivir en un palacio?

—Déjate de bobadas —respondió la mujer—, tú ve, que el rodaballo seguro que puede hacerlo.

—No, mujer —dijo el marido—, el rodaballo ya nos ha regalado la casa, no quiero volver, puede que no le guste.

—Ve —ordenó la mujer—, puede hacerlo perfectamente y lo hará de buena gana, tan sólo ve.

El hombre se afligió mucho y no quería ir. Se decía: «Esto no está bien», pero al final fue.

Cuando llegó al mar, el agua tenía un color violeta, azul oscuro y gris, y estaba muy espesa; ya no estaba tan verde y amarilla, pero aún seguía en calma. Se aproximó y dijo:

—Hombrecillo, hombrecillo,
rodaballo de la mar,
mi mujer, la Ilsebill,
quiere hacer su voluntad.

—Y bien, ¿qué es lo que quiere? —preguntó el rodaballo.

—Ay —respondió el marido un tanto preocupado—, quiere vivir en un gran palacio de piedra.

—Vuelve a casa, ella ya está a la puerta —dijo el rodaballo.

Entonces el hombre se marchó pensando que volvía a su casa, pero, cuando llegó, había allí un gran palacio de piedra y su mujer estaba en lo alto de la escalera y se disponía a entrar; entonces lo cogió de la mano y dijo:

—Entra.

Y entró con ella y en el palacio había un gran pasillo con pavimento de mármol, y un buen número de sirvientes que abrían las enormes puertas, y las paredes relucían todas con hermosos tapices, y en las habitaciones había un sinfín de sillas y mesas de oro, y arañas de cristal colgaban de los techos, e igualmente en todos los cuartos y habitaciones había alfombras; y en las mesas estaban el mejor de los vinos y tanta comida que parecía que iban a romperse por el peso. Y detrás de la casa había también un gran patio con establos para caballos, vacas y carruajes, todo de lo mejor; también había allí un jardín, grande y acogedor, con las flores más hermosas y las frutas más delicadas, y un bosquecillo de recreo, de casi media legua de largo, en el que había ciervos, venados y liebres, y todo lo que uno pudiera desear en cualquier momento.

—Y bien —dijo la mujer—, ¿no te parece bonito?

—Claro que sí —respondió el marido—, y así seguirá siendo, ahora viviremos en este hermoso palacio y seremos muy dichosos.

—Ya pensaremos en ello —dijo la mujer—, ahora vamos a dormir.

Y después de esto se fueron a la cama.

A la mañana siguiente, la mujer se levantó la primera, acababa de hacerse de día y, desde cada una de las camas, se veía un paisaje magnífico. El marido estaba aún desperezándose cuando ella le dio un codazo en un costado y dijo:

—Esposo, levántate y mira por la ventana. ¿No

podríamos ser reyes de toda esta tierra? Ve a ver al rodaballo, queremos ser reyes.

—Ay, mujer —dijo el marido—, ¿por qué queremos ser reyes? Yo no quiero ser rey.

—Bueno —replicó la mujer—, si tú no quieres ser rey, yo sí quiero ser reina.

—Ay, mujer —dijo el marido—, ¿por qué quieres ser reina? No puedo decirle tal cosa.

—¿Por qué no? —repuso la mujer—. Vete derecho a verlo, tengo que ser reina.

Entonces el hombre se marchó, muy consternado[27] por que su mujer quisiera ser reina. «Esto no es bueno y no está bien», pensaba el hombre. No quería ir, pero al final lo hizo.

Y cuando llegó al mar, estaba todo oscuro, las aguas se hallaban revueltas y, además, olía muy mal. Entonces se acercó y dijo:

—Hombrecillo, hombrecillo,
rodaballo de la mar,
mi mujer, la Ilsebill,
quiere hacer su voluntad.

—Bueno, ¿qué es lo que quiere? —dijo el rodaballo.

27. Triste, apenado.

—Ay —respondió el hombre—, quiere ser reina.

—Vuelve a casa, ya lo es —dijo el rodaballo.

Entonces el hombre se marchó y, cuando llegó al palacio, éste se había vuelto mucho más grande, con una enorme torre con magníficos ornamentos, y había una guardia ante la puerta, además de muchos soldados, timbales y trompetas. Y cuando entró en la casa, todo era de puro mármol, con oro y tapices de terciopelo y grandes cofres dorados. En ese momento se abrieron las puertas de la sala, donde se encontraba toda la corte, y su mujer estaba sentada en un alto trono de oro y diamantes y tenía una enorme corona de oro y el cetro en la mano, todo de puro oro y piedras preciosas, y a ambos lados había seis doncellas en fila, cada una de ellas una cabeza más pequeña que la otra. Entonces se aproximó y dijo:

—Y bien, mujer, ¿ya eres reina?

—Sí —dijo ésta—, ahora soy reina.

Entonces se levantó y la contempló, y después de haber hecho esto un rato, dijo:

—Ay, mujer, ¡qué bien que seas reina! Ahora ya no desearemos nada más.

—No, esposo —dijo la mujer muy intranquila—, el tiempo se me ha hecho muy largo y no puedo aguantarlo. Ve a ver al rodaballo, soy reina, pero ahora tengo que ser también emperatriz.

—Ay, mujer —replicó el marido—, ¿para qué quieres ser emperatriz?

—Esposo —contestó ella—, ve a ver al rodaballo, quiero ser emperatriz.

—Ay, mujer —dijo el marido—, él no puede nombrar emperadores, no le voy a decir eso al rodaballo. Emperador no hay más que uno en el imperio: el rodaballo no puede nombrar emperadores, no puede, no puede hacerlo.

—¿Cómo dices? —repuso la mujer—. Yo soy reina y tú sólo eres mi marido, ¿acaso no vas a ir ahora mismo? Ve a verlo, si puede nombrar reyes, también puede nombrar emperadores, y yo quiero ser emperatriz, ve ahora mismo.

Así que el hombre tuvo que ir. Pero, mientras caminaba, sintió mucho miedo y, andando así, pensaba: «Esto no está nada bien: querer ser emperatriz es un descaro y, al final, el rodaballo se va a cansar».

En éstas llegó al mar, que estaba completamente negro y muy espeso y por dentro hervía de tal modo que salían burbujas, y soplaba un viento tan fuerte que se agitaba sobremanera, y al hombre le entró el pánico. Entonces se acercó y dijo:

—Hombrecillo, hombrecillo,
rodaballo de la mar,
mi mujer, la Ilsebill,
quiere hacer su voluntad.

—Y bien, ¿qué es lo que quiere ahora? —preguntó el rodaballo.

—Ay, rodaballo —respondió—, mi mujer quiere ser emperatriz.

—Vuelve a casa —dijo el rodaballo—, ya lo es.

Después de esto, el hombre se marchó y, cuando regresó, todo el palacio era de mármol pulido con figuras de alabastro[28] y ornamentos de oro. Ante la puerta desfilaban los soldados y tocaban trompetas, timbales y tambores, pero en la casa, barones y condes y duques andaban por ella como si fueran sirvientes, y le abrían las puertas, que eran de oro puro. Y cuando entró, allí estaba su mujer en un trono que era de oro y de una sola pieza, y de aproximadamente dos leguas[29] de alto,

28. Piedra de color blanco similar al mármol.

29. Medida de distancia que es diferente según los lugares.

y en la cabeza llevaba una gran corona de oro de tres codos de alta, recubierta de brillantes y rubíes; en una mano llevaba el cetro, y en la otra, el globo imperial, y a ambos lados había dos filas de pajes,[30] siempre uno más bajo que el que tenía al lado, desde el mayor de los gigantes, que debía de medir unas dos leguas, hasta el enano más pequeñito, que debía de ser tan grande como mi dedo meñique. Y ante ella había muchos príncipes y duques. El hombre se abrió paso entre ellos y dijo:

—Mujer, ¿ahora eres emperatriz?

—Sí —dijo ella—, soy emperatriz.

Entonces él se aproximó y la contempló detenidamente, y después de haberlo hecho durante un rato, dijo:

—Ay, mujer, qué bonito es que seas emperatriz.

—Esposo —dijo ella—, ¿qué haces ahí parado? Ahora soy emperatriz, pero también quiero ser papisa,[31] ve a ver al rodaballo.

30. Jóvenes que servían a los caballeros en labores domésticas.

31. Mujer que ocupa el cargo de papa.

—Ay, mujer —replicó el marido—, ¿y qué es lo que no quieres? No puedes ser papisa, papa sólo hay uno en la Cristiandad, eso no puede hacerlo.

—Esposo —dijo ella—, quiero ser papisa, ve ahora mismo a verlo, tengo que serlo hoy mismo.

—No, mujer —repuso el marido—, no puedo decirle tal cosa, eso no está bien, es una cosa muy fea, el rodaballo no puede convertirte en papisa.

—Esposo, ¡qué idiotez! —dijo la mujer—, si puede nombrarme emperatriz, también puede hacerme Papisa. Ve ahora mismo a verlo, yo soy emperatriz y tú no eres más que mi marido, ¿quieres marcharte ya?

Entonces le entró miedo y partió, pero se sentía muy débil, y temblaba y tiritaba, y le flaqueaban las rodillas y las pantorrillas. Y por el campo soplaba el viento y las nubes pasaban volando de manera que se veía muy oscuro hacia poniente: las hojas caían de los árboles y las aguas se agitaban y bramaban, como si estuvieran hirviendo, y llegaban chapoteando hasta la orilla, y de lejos vio barcos que disparaban pidiendo auxilio, y bailaban y brincaban sobre aquella enorme cantidad de agua. No obstante, el cielo aún se veía algo azul en el centro, pero por los lados iba acercándose una terrible tormenta. Entonces se acercó muy desanimado y con mucho miedo y dijo:

—Hombrecillo, hombrecillo,
rodaballo de la mar,
mi mujer, la Ilsebill,
quiere hacer su voluntad.

—Bueno, ¿qué es lo que quiere? —preguntó el rodaballo.

—Ay —respondió el hombre—, quiere ser papisa.

—Vuelve a casa, ya lo es —dijo el rodaballo.

Entonces regresó y, cuando estuvo de vuelta, había allí una gran iglesia rodeada de muchos palacios. Se abrió camino entre la gente: dentro todo estaba iluminado con miles y miles de luces, y su mujer estaba toda vestida de oro y sentada en un trono aún mucho mayor que antes, y tenía en la cabeza tres grandes coronas de oro, y a su alrededor había un sinfín de clérigos, y a ambos lados había dos hileras de velas, desde una enorme, tan alta y tan grande como la torre más grande que uno pueda imaginarse, hasta el cirio más pequeño; y todos los emperadores y los reyes estaban arrodillados ante ella y le besaban las sandalias.

—Mujer —dijo el marido, y la contempló con detenimiento—, ¿ya eres papisa?

—Sí —contestó ella—, soy papisa.

Entonces se acercó y la contempló con detenimiento, y era como si estuviera a plena luz del sol. Cuando llevaba ya un rato observándola, dijo:

—¡Ay, mujer, qué bien que seas papisa!

Pero ella siguió sentada, más tiesa que un árbol, sin moverse ni hacer un solo ruido.

—Mujer, estarás satisfecha —dijo él—, ahora que eres papisa ya no puedes ser nada más.

—Eso ya me lo pensaré —dijo la mujer.

Y diciendo esto se fueron a la cama, pero ella no estaba contenta y la avaricia no le dejaba dormir, pues estaba pensando todo el rato qué más quería ser.

El marido durmió muy bien y profundamente, pues había andado mucho durante el día; pero la mujer no podía conciliar el sueño y se pasó toda la noche dando vueltas de un lado para otro, pensando siempre qué podría ser aún, aunque ya no se le ocurría nada. Entretanto, el sol estaba a punto de salir y, al ver la aurora, se incorporó finalmente en la cama y miró en esa dirección, y cuando por la ventana vio salir el sol, pensó: «Ajá, ¿acaso no podría yo también hacer que salieran el sol y la luna?».

—Esposo —dijo al tiempo que le daba un codazo en las costillas—, despierta, ve a ver al rodaballo, quiero ser como el buen Dios.

El hombre estaba aún medio dormido, pero se asustó tanto que se cayó de la cama. Creía que había oído mal y, frotándose los ojos, dijo:

—Ay, mujer, ¿qué es lo que has dicho?

—Esposo —dijo ella—, si no puedo ordenar que salgan el sol y la luna y tengo que contemplar sin más cómo salen todos los días, no podré soportarlo y no tendré una sola hora más de paz hasta que yo misma pueda hacer que salgan.

Y luego le lanzó una mirada tan furiosa que le entró un escalofrío.

—Ve ahora mismo, quiero ser como el buen Dios.

—Ay, mujer —dijo el marido arrodillándose ante ella—, el rodaballo no puede hacer tal cosa. Puede nombrar emperadores y papas; te lo ruego, recapacita y sigue siendo papisa.

Entonces ella se enfadó mucho, los cabellos se le arremolinaron desgreñados alrededor de la cabeza, se arrancó el corpiño[32] y le dio una patada gritando:

—No lo soporto y no lo soportaré más, ¿quieres irte ya?

El marido se puso los pantalones y salió corriendo como un loco.

Pero fuera la tormenta era tan fuerte que apenas podía tenerse de pie: las casas y los árboles se caían, las montañas temblaban y las rocas rodaban hasta el mar, y el cielo estaba completamente negro como la pez,[33] y había rayos y truenos, y el mar formaba unas olas negras tan altas como la torre de una iglesia y como montañas, y todas tenían una corona blanca de espuma.

Entonces gritó sin poder oír siquiera sus propias palabras:

—Hombrecillo, hombrecillo,
rodaballo de la mar,
mi mujer, la Ilsebill,
quiere hacer su voluntad.

32. Prenda femenina que no tiene mangas, cubre la parte superior del cuerpo y se cierra por detrás.

33. Material de color negro, denso y pegajoso.

—Y bien, ¿qué es lo que quiere? —preguntó el rodaballo.

—Ay —respondió el hombre—, quiere ser como el buen Dios.

—Vuelve a casa, está otra vez en su casucha.

Y allí siguen los dos hasta el día de hoy.

El sastrecillo valiente

Una mañana de verano, un sastrecillo estaba sentado a su mesa junto a la ventana; estaba de buen humor y cosía con todas sus fuerzas. Entonces vio venir a una mujer calle abajo que gritaba:

—¡Vendo rica confitura! ¡Vendo rica confitura!

Al sastrecillo aquello le sonó de maravilla, sacó su delicada cabeza por la ventana y gritó:

—Aquí arriba, buena señora, aquí venderá toda su mercancía.

La mujer subió los tres pisos hasta la casa del sastre con su pesada cesta y tuvo que sacar todos los tarros para que los viera. Él los miró, los levantó, los olfateó y, finalmente, dijo:

—La confitura me parece buena, péseme cua-

tro medias onzas,[34] buena mujer, aunque sea un cuarto de libra,[35] no me importa.

La mujer que había esperado hacer una buena venta, le dio lo que pedía, pero se fue refunfuñando muy enfadada.

—Bueno, Dios me bendecirá la mermelada —dijo el sastrecillo— y me dará valor y fuerzas.

Sacó el pan de la despensa, cortó un pedazo y untó en él la confitura.

—Seguro que no amargará —continuó diciendo—, pero voy a terminar el jubón antes de comérmela.

Dejó el pan a su lado, continuó cosiendo y, de pura alegría, daba cada vez puntadas más grandes. Entretanto, el olor de la dulce confitura fue subiendo por la pared, en la que había un montón de moscas, de manera que se sintieron atraídas y se precipitaron hacia ella en tropel.[36]

—¡Huy! Pero ¿quién os ha invitado? —dijo el sastrecillo espantando a aquellos huéspedes a los que nadie había llamado.

34. Medida de peso que corresponde a una decimosexta parte de una libra.

35. Medida de peso que equivale a casi medio kilo.

36. En masa, sin orden ni concierto.

Pero las moscas, que no hablaban su lengua, no se dejaban espantar, sino que llegaban cada vez en mayor número. Entonces al sastrecillo, como suele decirse, se le acabaron hinchando las narices y echó mano de un trapo de los que tenía en su taller.

—¡Esperad, que os voy a dar un poco! —dijo, mientras las golpeaba sin piedad.

Cuando levantó el trapo y contó las moscas, había allí muertas no menos de siete estirando las patas.

—¡Eres todo un hombre! —dijo asombrándose él mismo de su valentía—. Esto tiene que saberlo toda la ciudad.

Y a toda prisa el sastrecillo se hizo un cinturón, lo cosió y bordó en él con grandes letras: ¡SIETE DE UN GOLPE!

—¿Qué digo la ciudad? —continuó hablando—. ¡Todo el mundo tiene que saberlo!

Y el corazón se le movía de pura alegría igual que el rabito de un cordero.

El sastre se ciñó[37] el cinturón al cuerpo y se dispuso a salir a ver mundo, porque pensaba que

37. Se ajustó alrededor de la cintura.

el taller era demasiado pequeño para alguien tan valiente. Antes de salir rebuscó por su casa para ver si había alguna cosa que pudiera llevar consigo, pero no encontró más que un queso rancio y se lo guardó. A las puertas de la ciudad divisó un pájaro que se había quedado atrapado entre los matojos y que fue a parar al morral[38] junto con el queso. Luego emprendió el camino con mucho valor y, como no llevaba peso y era muy ágil, no se sentía cansado. El sendero conducía hasta unos montes y, cuando hubo alcanzado la más alta de las cumbres, se encontró con un enorme gigante que miraba complacido a su alrededor. El sastrecillo se dirigió hacia él muy resuelto y le habló con estas palabras:

—Buenos días, compañero, ¿qué tal? ¿Ahí sentado contemplando el ancho mundo? Justamente yo voy de camino a él, a ver si pruebo fortuna. ¿Te apetece venir conmigo?

El gigante miró al sastrecillo con desprecio y dijo:

—¡Vagabundo! ¡Miserable de ti!

38. Bolsa que suele llevarse para cargar comida y otro tipo de provisiones.

—¡Eso está por ver! —respondió el sastrecillo, que se desabrochó la chaqueta y le enseñó al gigante el cinturón—. Aquí puedes leer qué clase de hombre soy.

El gigante leyó: «¡SIETE DE UN GOLPE!», creyó que eran hombres a los que el sastre había matado de una sola vez y sintió un poco de respeto por el jovencillo. Pero primero quiso ponerlo a prueba, cogió con la mano una piedra y la espachurró hasta que empezó a gotear agua.

—Haz esto mismo —dijo el gigante—, si es que tienes fuerza.

—¿Sólo eso? —replicó el sastrecillo—. Para mí eso es un juego. —Echó mano al morral, sacó el queso blando y lo apretó hasta que salió el jugo—. ¿Qué? —dijo—. Esto ha estado un poco mejor, ¿no?

El gigante no supo qué decir: no podía creerse que el hombrecillo hubiera hecho aquello. Entonces el gigante cogió una piedra y la lanzó tan alto que casi no se la podía ver con los ojos:

—¿Y bien, enanito? Haz esto mismo.

—Bien lanzada —dijo el sastre—, pero la piedra ha vuelto a caer a tierra; yo voy a lanzar una que no volverá.

Echó mano al morral, cogió el pájaro y lo lanzó al aire. El pájaro, feliz con su libertad, alzó el vuelo, se marchó y no regresó.

—¿Qué te parece esta jugada, compañero? —preguntó el sastre.

—Sabes lanzar bien —dijo el gigante—, pero ahora veremos si eres capaz de cargar con algo decente.

Llevó al sastrecillo hasta un enorme roble que estaba talado en el suelo y dijo:

—Si tienes suficiente fuerza, ayúdame a sacar el árbol del bosque.

—Con mucho gusto —respondió el pequeñajo—, tú cárgate el tronco al hombro, yo levantaré y llevaré las ramas con las hojas, que es lo más pesado.

El gigante se cargó el tronco al hombro, pero el sastre se sentó en una rama, y el gigante, que no podía volverse a mirar, tuvo que cargar con todo el peso del árbol y, además, con el sastrecillo que iba en él. Allí atrás iba todo divertido y de buen humor, silbando la cancioncilla de los tres sastres que cabalgaban hacia la puerta de la ciudad, como si llevar el árbol fuera un juego de niños. El gigante, tras haber arrastrado la pesada car-

ga durante un buen trecho del camino, ya no pudo más y dijo:

—Oye, tengo que soltar el árbol.

El sastre saltó con gran agilidad, agarró el árbol con ambos brazos, como si hubiera estado llevándolo, y le dijo al gigante:

—Un tipo tan grandullón y ni siquiera puedes llevar el árbol...

Continuaron andando juntos y, al pasar ante un cerezo, el gigante agarró la copa del árbol, en la que ya había frutos maduros, la dobló y se la puso al sastre en la mano diciéndole que comiera.

Pero el sastre era demasiado débil como para sujetar el árbol y, cuando el gigante lo soltó, la copa volvió a su posición y el sastre salió disparado con ella. Cuando volvió a caer sin haber sufrido ningún daño, el gigante dijo:

—Pero ¿esto qué es? ¿No tienes fuerzas para sujetar una vara tan débil?

—No me faltan fuerzas —respondió el sastrecillo—. ¿Tú crees que eso supone algo para quien ha matado a siete de un golpe? He saltado por encima del árbol porque ahí abajo están disparando entre los matorrales. Salta el árbol si eres capaz.

El gigante hizo el intento, pero no fue capaz de saltar por encima del árbol, sino que se quedó colgando de las ramas, de manera que el sastrecillo también le ganó en esto.

—Si eres tan valiente —dijo el gigante—, ven conmigo a nuestra guarida y pasa la noche con nosotros.

El sastrecillo estaba dispuesto y lo siguió. Cuando llegaron a la cueva, había otros gigantes sentados al fuego, y cada uno tenía en la mano una oveja asada y se la estaba comiendo. El sastrecillo miró a su alrededor y pensó: «Pues esto es mucho más espacioso que mi taller». El gigante le indicó una cama y le dijo que se tumbara a dormir. Pero al sastrecillo aquella cama le resultaba demasiado grande y no se metió en ella, sino que se acurrucó en un rincón. Cuando llegó la medianoche y el gigante pensó que el sastrecillo dormía ya profundamente, se levantó, cogió una gran vara de hierro y partió la cama de un golpe, creyendo que había acabado con aquel saltamontes. Por la mañana temprano, los gigantes se fueron al bosque y se olvidaron por completo del sastrecillo; entonces, de repente, éste les salió al encuentro todo contento y resuelto. Los gigantes se asustaron, temieron que los fuera a matar de un golpe y salieron corriendo a toda velocidad.

El sastrecillo continuó su camino, siguiendo siempre su agudo olfato. Tras haber caminado durante un buen rato, llegó al patio de un palacio real y, como se sintió cansado, se tumbó en la hierba y se quedó dormido. Estando allí, llegó alguna gente, que lo observó de arriba abajo y leyó lo que ponía en el cinturón: ¡SIETE DE UN GOLPE!

—Caramba —dijeron—, ¿qué querrá este gran héroe aquí en plena paz? Debe de ser un señor muy poderoso.

Se marcharon de allí y se lo contaron al rey,

pensando que, de estallar la guerra, aquel hombre sería muy útil y muy importante, y que no había que dejarlo escapar a ningún precio. Al rey le agradó el consejo y envió a uno de sus cortesanos a donde estaba el sastrecillo para ofrecerle, cuando se despertara, que sirviera como soldado. El enviado permaneció junto al que dormía, esperó hasta que se desperezó y abrió los ojos, y le transmitió entonces su oferta.

—Precisamente por eso he venido —respondió—, estoy dispuesto a entrar al servicio del rey.

Así pues, fue recibido con muchos honores y se le adjudicó una vivienda especial.

Pero los soldados estaban atemorizados con el sastrecillo y deseaban que estuviera a mil millas de distancia.

—¿Qué pasará? —se decían unos a otros—. Si discutimos con él y empieza a pegarnos, con cada golpe caerán siete. Ninguno de nosotros lo podrá resistir.

Entonces tomaron una decisión: fueron todos juntos a ver al rey y le pidieron que los licenciara.[39]

—No estamos hechos —dijeron— para resis-

39. Los liberara de su servicio en el ejército.

tir al lado de un hombre que mata a siete de un golpe.

El rey se entristeció mucho por tener que perder a sus fieles servidores por culpa de uno solo y deseó que sus ojos no lo hubieran visto jamás; le hubiera gustado poderse librar de él. Pero no se atrevía a despedirlo, porque temía que lo matara a él y a todo su pueblo y acabara sentado en el trono real. Reflexionó y le dio muchas vueltas al asunto y, al final, se le ocurrió una cosa. Ordenó buscar al sastrecillo y mandó que le dijeran que, como era un héroe tan grande, quería hacerle una proposición. En un bosque de su país vivían dos gigantes que, con sus robos, asesinatos, fuegos e incendios causaban grandes daños; nadie podía acercarse a ellos sin poner su vida en peligro. Si vencía a los dos gigantes y los mataba, le daría a su única hija por esposa y la mitad de su reino como regalo de boda; además, irían con él cien caballeros para ayudarle. «Esto sería algo propio de un hombre como tú —pensó el sastrecillo—, la hermosa hija de un rey y medio reino no es algo que se le ofrezca a uno todos los días.»

—Por supuesto —respondió—, dominaré a los gigantes, aunque no necesito que vengan los cien jinetes: quien mata a siete de un golpe no tiene por qué asustarse de dos.

El sastrecillo se marchó y los cien jinetes lo siguieron. Al llegar a la linde[40] del bosque, les dijo a sus acompañantes:

—Quedaos aquí, yo solo acabaré con los gigantes.

Luego se adentró en el bosque, mirando a derecha e izquierda. Al cabo de un ratito divisó a los dos gigantes: estaban tumbados bajo un árbol, durmiendo y roncando tanto que las ramas se curvaban de arriba hacia abajo. El sastrecillo, nada perezoso, se llenó los dos bolsillos de piedras y se encaramó con ellas al árbol. Cuando llegó a media altura, se deslizó por una rama hasta que estuvo justo encima de los dos que dormían y fue dejando caer piedra tras piedra sobre el pecho de uno de los gigantes. Durante un buen rato, el gigante no sintió nada, pero al final se despertó, le dio un empujón a su compañero y le dijo:

—¿Por qué me pegas?

—Estás soñando —replicó el otro—, yo no te estoy pegando.

40. Límite de un terreno, por lo general el bosque.

Volvieron a dormirse y, entonces, el sastre le tiró una piedra al otro.

—¿Qué significa esto? —gritó el segundo—. ¿Por qué me golpeas?

—Yo no te estoy golpeando —respondió el primero gruñendo.

Estuvieron discutiendo un buen rato pero, como estaban cansados, lo dejaron estar y los ojos se les volvieron a cerrar. El sastrecillo empezó otra vez con su juego: sacó la piedra más gorda y se la tiró al primer gigante al pecho con toda la fuerza que pudo.

—¡Esto ya es demasiado! —gritó éste, se levantó de un salto como un poseso y lanzó a su compañero contra el árbol con tal fuerza que tembló.

El otro le pagó con la misma moneda y ambos acabaron enfureciéndose tanto que arrancaron unos árboles y se golpearon con ellos hasta que, al final, cayeron al suelo a un tiempo. Entonces el sastrecillo bajó del árbol.

—Ha sido una verdadera suerte —dijo— que no hayan arrancado el árbol en el que yo estaba, de lo contrario habría tenido que saltar a otro, igual que una ardillita, pues soy muy rápido.

Sacó su espada y le propinó a cada uno unas

buenas estocadas[41] en el pecho; luego salió del bosque en dirección a donde estaban los caballeros y dijo:

—El trabajo está hecho: he acabado con los dos, pero ha sido muy difícil. Al verse en apuros han arrancado hasta árboles para defenderse con ellos, pero eso no sirve de nada cuando llega alguien como yo, que puede matar a siete de un golpe.

—¿No estáis herido? —preguntaron los caballeros.

—Ha ido todo muy bien —respondió el sastre—, no me han tocado ni un pelo.

Los caballeros no podían dar crédito a lo que decía y se adentraron en el bosque: allí encontraron a los gigantes nadando en su sangre y, por todo su alrededor, árboles arrancados.

El sastrecillo exigió al rey la recompensa prometida, pero éste se arrepintió de su promesa y se puso otra vez a pensar cómo podría quitarse de encima al héroe.

—Antes de darte a mi hija y la mitad del reino —le dijo—, tienes que hacer otra proeza. Por el

41. Golpes dados con la punta de la espada.

bosque anda suelto un unicornio que está causando grandes daños, tienes que apresarlo.

—Un unicornio me da mucho menos miedo que los dos gigantes; siete de un golpe, eso es lo mío.

Cogió una cuerda y un hacha, se fue al bosque y de nuevo les dijo a los que estaban a sus órdenes que esperasen en la linde. No tuvo que buscar mucho, el unicornio llegó enseguida y se fue directo hacia el sastre, como si quisiera ensartarle el cuerno sin ningún rodeo.

—Tranquilo, tranquilo —dijo—, esto no va tan rápido.

Se quedó parado y esperó hasta que el animal estuvo muy cerca; entonces, con gran agilidad, lo esquivó y de un salto se colocó detrás de un árbol. El unicornio corrió hacia el tronco con todas sus fuerzas y clavó el cuerno a tanta profundidad que no tuvo fuerza suficiente para sacarlo, de manera que quedó atrapado.

—Ya te tengo, pajarillo —dijo el sastre, que salió de detrás del árbol, le ató al unicornio la cuerda al cuello, cortó con el hacha el cuerno atrapado en el árbol y, una vez que todo estuvo en orden, se llevó al animal y se lo presentó al rey.

El rey no quiso darle la recompensa prometi-

da y le exigió una tercera hazaña. Antes de la boda, el sastre tenía que cazar un jabalí que estaba causando grandes daños en el bosque; los cazadores le ayudarían.

—Con mucho gusto —dijo el sastre—, eso es un juego de niños.

No se llevó a los cazadores consigo al bosque y a ellos les pareció muy bien, pues el jabalí ya los había recibido varias veces de tal manera que no tenían ganas de perseguirlo. Cuando el jabalí vio al sastre, echó a correr hacia él con el hocico lleno de espuma y los colmillos afilados, dispuesto a acabar con él, pero el veloz héroe se metió de un brinco en una capilla que había allí cerca y, justo después, volvió a salir por la ventana de arriba. El jabalí lo había seguido corriendo, pero él saltó a sus espaldas y cerró la puerta tras él; así quedó atrapado el furioso animal, que era demasiado pesado e inútil como para saltar por la ventana. El sastrecillo llamó a los cazadores para que vieran al prisionero con sus propios ojos, pero el héroe fue a ver al rey, que entonces, quisiera o no, tuvo que cumplir su promesa y darle a su hija y la mitad de su reino. De haber sabido que no tenía ante sí a un héroe de guerra, sino a un sastrecillo, le hubiera resultado aún mucho más difícil. Así pues, la boda se celebró con mucha pompa[42] y poca alegría, y de un sastre salió un rey.

Pasado un tiempo, la joven reina oyó en mitad de la noche cómo su marido hablaba en sueños:

—¡Chico, hazme el jubón[43] y remiéndame[44] los pantalones o te cruzo la cara!

Entonces se dio cuenta de dónde procedía el joven señor; a la mañana siguiente le contó sus pe-

42. Demostración, sin otro motivo que la pura exhibición, de medios que manifiestan la importancia y la riqueza de quien los despliega.

43. Prenda de ropa, por lo general masculina, que se llevaba en la parte superior del cuerpo.

44. Coser, por lo general para arreglar lo que estaba roto.

nas a su padre y le pidió que la ayudara a librarse de aquel hombre, que no era más que un simple sastre.

—Esta noche deja abierta la puerta de tu dormitorio —dijo el rey para consolarla—; mis sirvientes se quedarán fuera y, cuando esté dormido, entrarán, lo atarán y lo meterán en un barco que se lo llevará a cualquier otro lugar del mundo.

A la mujer le pareció bien, pero el armero del rey, que lo había oído todo, sentía un gran afecto por el joven señor y le contó lo que le iban a hacer.

—Ya les impediré yo que lo hagan —dijo el sastrecillo.

Por la noche se metió con su mujer en la cama a la hora acostumbrada; cuando ella creyó que ya estaba dormido, se levantó, abrió la puerta y se volvió a acostar. El sastrecillo, que sólo hacía como si estuviera dormido, empezó a gritar bien alto:

—¡Chico, hazme el jubón y remiéndame los pantalones o te cruzo la cara! He matado a siete de un golpe, acabado con dos gigantes, reducido a un unicornio y apresado a un jabalí, ¿cómo iba a tener miedo de los que están a las puertas de mi habitación?

Cuando éstos oyeron hablar así al sastre, fueron presa del pánico, echaron a correr como alma que lleva el diablo y ninguno de ellos se acercó a él nunca más. Así que el sastrecillo fue y siguió siendo rey toda su vida.

Cenicienta

La mujer de un hombre rico enfermó y, como sentía que se acercaba su fin, pidió a su única hijita que se acercara a su cama y le dijo:

—Mi querida hijita, sé siempre buena y piadosa, así Dios siempre te ayudará y yo te veré desde el cielo y estaré siempre contigo.

Después de decir esto, cerró los ojos y se murió. La niña iba todos los días a la tumba de su madre y lloraba, y siguió siendo buena y piadosa. Cuando llegó el invierno, la nieve cubrió la tumba con un velito blanco y cuando, en primavera, el sol volvió a retirarlo, el hombre tomó otra esposa.

La mujer llevó a la casa dos hijas, que eran hermosas y blancas de cutis, pero feas y negras de corazón. Y entonces empezaron malos tiempos para la pobre niña.

—¿Es que esta boba tiene que vivir en la misma habitación que nosotras? —decían—. Quien quiera comer pan ha de ganárselo: ¡fuera con la moza de cocina!

Le quitaron sus lindas ropas, le pusieron un delantal viejo y gris y le dieron unos zuecos[45] de madera.

—¡Mirad a esta orgullosa princesa, qué arregladita está! —dijeron entre risas, y la llevaron a la cocina.

Allí tuvo que trabajar bien duro de la mañana a la noche, levantarse temprano antes del amanecer, acarrear agua, encender el fuego, guisar y lavar. Además de esto, las hermanas le hacían sufrir todo lo imaginable, se burlaban de ella y le tiraban los guisantes y las lentejas a la ceniza, de manera que tenía que sentarse y volver a cribarlos.[46] Por la noche, cuando ya estaba cansada de tanto trabajar, no se acostaba en una cama, sino que tenía que tumbarse sobre las cenizas, al lado del fo-

45. Zapatos fabricados en un solo fragmento de madera.

46. Escoger las cosas o personas apropiadas o buenas entre varias similares.

gón. Y como por eso estaba siempre sucia y llena de polvo, la llamaban Cenicienta.

Sucedió entonces que un día el padre se disponía a ir a la feria y preguntó a sus dos hijastras qué era lo que querían que les trajera.

—Lindas ropas —dijo una.

—Perlas y piedras preciosas —contestó la otra.

—¿Y tú, Cenicienta? —preguntó él—. ¿Qué quieres tú?

—Padre, cortad para mí la primera ramita que os dé en el sombrero en el camino de vuelta.

Así que compró lindas ropas, perlas y piedras preciosas para las dos hermanastras y, en el camino de vuelta, cuando cabalgaba junto a un matorral verde, una rama de avellano le rozó y le tiró el sombrero. Entonces cortó la rama y se la llevó. Cuando llegó a casa les dio a las hijastras lo que le habían pedido y a Cenicienta, la ramita de avellano. Cenicienta le dio las gracias, fue a la tumba de su madre y plantó la ramita en ella, y lloró tanto que las lágrimas cayeron encima y la regaron. Y ésta creció y se convirtió en un hermoso árbol. Cenicienta iba tres veces al día, lloraba y rezaba, y cada una de las veces se posaba sobre el árbol un paja-

rito blanco, y si ella formulaba un deseo, el ave le daba lo que había deseado.

Pero aconteció que el rey organizó una fiesta que debía durar tres días y a la que estaban invitadas todas las doncellas más lindas del país para que su hijo pudiera escoger a su prometida entre ellas. Cuando las dos hermanastras oyeron que ellas también debían ir, se pusieron muy contentas, llamaron a Cenicienta y dijeron:

—Péinanos el cabello, cepíllanos los zapatos y abróchanos las hebillas, vamos a ir a la fiesta en el palacio del rey.

Cenicienta obedeció, pero lloraba porque también le hubiera gustado ir con ellas al baile, y le pidió a la madrastra que se lo permitiera.

—¿Tú, Cenicienta? —dijo—. ¿Estás llena de polvo y de porquería y quieres ir a la fiesta? ¡No tienes ropa ni zapatos y quieres bailar!

Pero, como no dejaba de pedírselo, al final le dijo:

—Te he echado una fuente de lentejas en las cenizas; si las has podido coger todas al cabo de dos horas, podrás venir.

La muchacha salió al jardín por la puerta de atrás y pidió:

—Vosotras, buenas palomitas, vosotras, las tortolitas,[47] del cielo todas las avecitas, venid y a escoger ayudadme,

las buenas al pucherito
y las malas al buchito.

Entonces entraron por la ventana de la cocina dos palomitas blancas, y luego las tortolitas, y al final todas las avecitas del cielo entraron volando y revoloteando y se posaron sobre las cenizas. Y las palomitas bajaron la cabecita y empezaron a hacer pic, pic, pic, pic, y luego las demás empezaron también a hacer pic, pic, pic, y metieron todos los granitos buenos en la fuente. No había pasado ni una hora y ya habían terminado, así que volvieron a marcharse todas volando. Entonces la muchacha llevó la fuente a la madrastra y se alegró al pensar que ahora también podría ir a la fiesta. Pero ella le dijo:

—No, Cenicienta, no tienes ropas y no sabes bailar, sólo se reirán de ti.

Como la joven empezó a llorar, la madrastra le dijo:

—Si eres capaz de escoger de entre la ceniza dos

47. Diminutivo de *tórtolas*, pájaros parecidos a las palomas.

fuentes de lentejas en una hora, entonces podrás venir.

Y, mientras lo decía, pensaba: «Eso no podrá hacerlo nunca».

Una vez hubo echado las dos fuentes de lentejas en las cenizas, la muchacha salió al jardín por la puerta de atrás y exclamó:

—Vosotras, buenas palomitas, vosotras, las tortolitas, del cielo todas las avecitas, venid y a escoger ayudadme,

las buenas al pucherito
y las malas al buchito.

Entonces entraron por la ventana de la cocina dos palomitas blancas, y luego las tortolitas, y al final todas las avecitas del cielo entraron volando y revoloteando y se posaron sobre las cenizas. Y las palomitas bajaron la cabecita y empezaron a hacer pic, pic, pic, pic, y entonces las demás empezaron también a hacer pic, pic, pic, y metieron todos los granitos buenos en la fuente. Y antes de que hubiera pasado una hora ya habían terminado, así que volvieron a marcharse todas volando. Así que la muchacha llevó las fuentes a la madrastra y se alegró al pensar que ahora también podría ir a la fiesta. Pero ella le dijo:

—Todo esto no servirá de nada; no vas a venir, porque ni tienes ropas ni sabes bailar, y nos avergonzaríamos de ti.

Tras estas palabras, le dio la espalda y se marchó presurosa con sus dos orgullosas hijas.

Cuando ya no había nadie en casa, Cenicienta fue a la tumba de su madre, bajo el avellano, y exclamó:

—¡Muévete y sacúdete, arbolito,
de plata y de oro échame un poquito!

Entonces el pájaro le echó por encima un vestido de oro y plata y unas chinelas[48] bordadas en seda y plata. Se puso el vestido a toda prisa y se fue a la fiesta. Pero sus hermanas y su madrastra no la conocieron y pensaron que debía de ser la hija de un rey extranjero, tan hermosa estaba con el vestido de oro. Ni siquiera pensaban en Cenicienta y creían que ella estaría en casa, en medio de la porquería, buscando las lentejas en la ceniza. El hijo del rey se acercó a ella, la cogió de la mano y la sacó a bailar. No quiso bailar con nadie más, así que no la soltó de la mano, y si algún otro venía a pedírsela, él decía:

48. Zapato plano sin talón que suele usarse sólo dentro de casa.

—Ésta es mi pareja.

Bailó hasta que se hizo de noche; entonces Cenicienta quiso irse a casa.

—Voy contigo y te acompaño —dijo el hijo del rey, pues quería ver de quién era hija la hermosa muchacha.

Pero ella se le escapó y de un brinco se metió en el palomar. Entonces el hijo del rey esperó hasta que llegó el padre y le dijo que la muchacha forastera se había metido de un brinco en el palomar. El anciano pensó: «¿Acaso será Cenicienta?», y tuvieron que traerle un hacha y un pico para partir en dos el palomar, pero allí no había nadie. Y, cuando entraron en la casa, Cenicienta estaba tumbada sobre las cenizas con sus ropas sucias, y una lamparilla de aceite turbio ardía en la chimenea, pues ella había salido corriendo por la parte de atrás del palomar en dirección al avellano; allí se había quitado las lindas ropas y las había colocado sobre la tumba, y el pájaro se las había vuelto a llevar, y luego ella se había sentado en la cocina, junto a las cenizas, con su delantalito gris.

Al día siguiente, cuando la fiesta volvió a empezar y su padre, su madrastra y las hermanastras habían vuelto a marcharse, Cenicienta fue al avellano y dijo:

—¡Muévete y sacúdete, arbolito,
de plata y de oro échame un poquito!

Entonces el pájaro le echó por encima un vestido aún más precioso que el del día anterior. Y cuando apareció en la fiesta con aquel vestido, todos se asombraron de su belleza. Pero el hijo del rey, que había estado esperando hasta que llegó, la cogió al instante de la mano y no bailó más que con ella. Cuando venían otros a pedirle un baile, decía:

—Ésta es mi pareja.

Al llegar la noche se dispuso a marcharse y el hijo del rey la siguió para ver a qué casa iba, pero ella se le escapó de un salto por el jardín trasero de la casa. Había allí un árbol grande y hermoso, del que colgaban unas espléndidas peras; trepó por él con la misma agilidad de una ardillita y el hijo del rey no fue capaz de averiguar dónde se había metido. Pero esperó hasta que llegó el padre y le dijo:

—La muchacha forastera se me ha escapado, creo que se ha subido al peral.

El padre pensó: «¿Acaso será Cenicienta?», mandó que le trajeran el hacha y taló el árbol, pero no había nadie en él. Y, cuando entraron en la cocina, Cenicienta yacía[49] sobre las cenizas, igual que siempre, porque había saltado por el otro lado del árbol, había vuelto a llevar las lindas ropas al pájaro del avellano y se había puesto su delantalito gris.

Al tercer día, cuando su padre, su madrastra y las hermanastras se hubieron marchado, Cenicienta volvió a ir a la tumba de su madre y le dijo al arbolito:

—¡Muévete y sacúdete, arbolito,
de plata y de oro échame un poquito!

Entonces el pájaro le echó por encima un vestido tan magnífico y resplandeciente como no lo había tenido jamás, y las chinelas eran todas de oro. Cuando llegó a la fiesta con aquel vestido, todos se quedaron sin palabras de puro asombro. El hijo del rey sólo bailó con ella y, cuando alguno iba a pedirle un baile, él decía:

—Ésta es mi pareja.

Cuando se hizo de noche, Cenicienta se dispuso a marcharse; el hijo del rey iba a acompañarla, pero ella se le escapó tan rápido que no fue capaz

49. Estaba tumbada.

de seguirla. Sin embargo, el príncipe había urdido una treta y mandado untar toda la escalinata con pez, así que, al bajar corriendo, la chinela izquierda de la joven se había quedado allí pegada. El hijo del rey la cogió, y era pequeña y delicada, y toda de oro. A la mañana siguiente fue a ver al hombre y le dijo:

—Ninguna otra será mi mujer salvo aquella cuyo pie encaje en este zapato de oro.

Entonces las dos hermanas se pusieron muy contentas, porque tenían unos pies muy bonitos. La mayor se llevó el zapato a su habitación y se dispuso a probárselo, con su madre delante. Pero no lograba meter el dedo gordo y el zapato le estaba muy pequeño; así que su madre le dio un cuchillo y le dijo:

—Córtate el dedo; cuando seas reina, no tendrás que ir más a pie.

La muchacha se cortó el dedo, consiguió meter el pie en el zapato a la fuerza y, dominando su dolor, salió a ver al hijo del rey. Entonces él la subió a su caballo como si fuera su prometida y se marchó de allí con ella. Pero tuvieron que pasar por delante de la tumba; allí estaban las dos palomitas en el avellano, que dijeron:

—Vuélvete y mira, vuélvete y mira,
sangre hay en la zapatilla:
la zapatilla bien no le encaja,
la novia de verdad aún sigue en casa.

Entonces le miró el pie y vio que le sangraba. Dio la vuelta al caballo, volvió a llevar a casa a la novia falsa y dijo que no era la verdadera, que la otra hermana tenía que probarse el zapato. Así que ésta se fue con el zapato a su habitación y, afortunadamente, los dedos le entraron en el zapato, pero el talón era demasiado grande. Así que su madre le dio un cuchillo y le dijo:

—Córtate un cacho del talón; cuando seas reina, no tendrás que ir más a pie.

La muchacha se cortó un trozo del talón, consiguió meter el pie en el zapato a la fuerza y, dominando su dolor, salió a ver al hijo del rey. Éste la subió al caballo como si fuera su prometida y se marchó con ella. Pero, al pasar por el avellano, las dos palomitas seguían allí y dijeron:

—Vuélvete y mira, vuélvete y mira,
sangre hay en la zapatilla:
la zapatilla bien no le encaja,
la novia de verdad aún sigue en casa.

Le miró el pie y vio cómo le salía sangre del

zapato y le subía toda roja por las medias blancas. Así que dio la vuelta al caballo y volvió a llevar a casa a la falsa novia.

—Ésta tampoco es la verdadera —dijo—. ¿No tenéis acaso otra hija?

—No —dijo el hombre—, sólo tenemos una Cenicienta, pequeña e ingenua, de mi difunta esposa, pero es imposible que ella sea la novia.

El hijo del rey dijo que fueran a buscarla, pero la madre respondió:

—Ay, no, está demasiado sucia, no puede dejarse ver.

Pero él insistió en verla a toda costa y tuvieron que llamar a Cenicienta. Ella se lavó primero las manos y la cara, fue luego hasta allí y se inclinó ante el hijo del rey, que le tendió el zapato de oro. Después se sentó en un escabel,[50] sacó el pie del pesado zueco de madera y lo metió en la chinela: le quedaba como hecha a medida. Y cuando se enderezó y el rey la miró a la cara, reconoció a la hermosa joven que había bailado con él y dijo:

—¡Ésta es la verdadera novia!

La madrastra y las dos hermanas se asustaron

50. Asiento sin respaldo.

y empalidecieron de rabia, pero él subió a Cenicienta al caballo y se marchó de allí. Al pasar por el pequeño avellano, las dos palomitas blancas dijeron:

—Vuélvete y mira, vuélvete y mira,
ya no hay sangre en la zapatilla:
la zapatilla bien ya le encaja,
a la novia de verdad llevas a casa.

Y, una vez dicho esto, las dos echaron a volar y se posaron sobre los hombros de Cenicienta, una a la derecha y otra a la izquierda, y allí se quedaron.

Justo antes de celebrarse la boda con el hijo del rey, llegaron las falsas hermanas, y trataron de congraciarse con ella y compartir su felicidad. Cuando los novios se dirigían ya a la iglesia, la mayor iba a la derecha y la menor a la izquierda; entonces las palomas le sacaron un ojo a cada una a picotazos. Luego, al salir, la mayor iba a la izquierda y la menor a la derecha; en ese momento las palomas le sacaron a cada una el otro ojo a picotazos. Y así fueron castigadas a estar ciegas el resto de su vida por su maldad y su falsedad.

Caperucita Roja

Érase una vez una adorable niñita a la que todos querían sólo con verla, pero quien más la quería era su abuela, que ya no sabía ni qué regalarle. En cierta ocasión le regaló una caperucita de terciopelo rojo y, como le sentaba tan bien y la niña no quería ponerse otra cosa, todos la llamaron a partir de entonces Caperucita Roja.

Un buen día su madre le dijo:

—Mira, Caperucita, aquí tienes un trozo de tarta y una botella de vino, llévaselos a la abuela; está enferma y débil, y esto la reanimará. Ponte en camino antes de que empiece a hacer calor, anda con cuidado y no te apartes del camino, no vaya a ser que te caigas, se rompa la botella y la abuela se quede sin nada. Y cuando llegues a su casa, no te olvides de darle los buenos días y no te pongas a hurgar por todos los rincones.

—Lo haré todo muy bien —dijo Caperucita Roja a su madre dándole la mano.

Pero la abuela vivía en el bosque, a media hora de la aldea. Cuando Caperucita Roja llegó al bosque, el lobo le salió al encuentro. La niña no sabía lo malvado que era este animal y no se asustó.

—¡Buenos días, Caperucita Roja! —le dijo.

—¡Muchas gracias, lobo!

—¿Adónde vas tan temprano, Caperucita Roja?

—A casa de mi abuela.

—¿Qué llevas en tu cestita?

—Una tarta y vino. Estuvimos haciéndola ayer en el horno; la abuela está enferma y débil y necesita algo bueno para fortalecerse.

—Caperucita Roja, ¿dónde vive tu abuela?

—A un buen cuarto de hora por el bosque, su casa está bajo los tres grandes robles; allí abajo están también los nogales, seguro que sabes dónde —dijo Caperucita Roja.

El lobo pensó: «Esta cosita joven y tierna es un suculento bocado, seguro que sabrá mucho mejor que la vieja: tienes que ser muy astuto si quieres

tragarte a las dos». Entonces anduvo un rato al lado de Caperucita y luego dijo:

—Caperucita Roja, mira qué flores tan hermosas hay a tu alrededor, ¿por qué no las contemplas? Me parece que ni siquiera oyes los adorables cantos de los pajarillos. Vas ensimismada, como si fueras a la escuela, y, sin embargo, ¡es tan divertido andar por el bosque!

Caperucita Roja abrió bien los ojos y, al ver cómo los rayos del sol danzaban de un lado para otro a través de los árboles y que todo estaba lleno de hermosas flores, pensó: «Si le llevo a la abuela un ramo de flores recién cortadas, también le alegrará; es muy temprano, así que llegaré a tiempo», de modo que se apartó del camino y se adentró en el bosque en busca de flores. Y, tras haber cortado una, pensó que más allá habría otra más bonita y, de ese modo, fue internándose cada vez más en el bosque. El lobo, sin embargo, fue directamente a casa de la abuela y llamó a la puerta.

—¿Quién está ahí?

—Caperucita Roja, que te trae una tarta y vino, abre.

—No tienes más que bajar el picaporte —exclamó la abuela—; yo estoy muy débil y no puedo levantarme.

El lobo bajó el picaporte, la puerta se abrió de par en par y, sin pronunciar una sola palabra, fue derecho a la cama de la abuela y se la tragó. Luego se puso su ropa, se colocó su gorro de dormir, se metió en la cama y corrió las cortinas.

Caperucita Roja había estado buscando las flores y, cuando hubo cogido tantas que ya no podía llevar ni una sola más, volvió a acordarse de la abuela y se encaminó a su casa. Se asombró de que la puerta estuviera abierta y, al entrar en la sala, todo le pareció tan extraño que pensó: «¡Ay, Dios mío, qué miedo siento hoy, con lo que me gusta siempre venir a casa de la abuela!».

—Buenos días —dijo.

Pero no obtuvo respuesta alguna. Entonces fue hacia la cama y corrió las cortinas: la abuela estaba allí tumbada, con el gorro de dormir bien calado y un aspecto muy raro.

—¡Ay, abuela, qué orejas tan grandes tienes!

—Para así poder oírte mejor.

—¡Ay, abuela, qué ojos tan grandes tienes!

—Para así poder verte mejor.

—¡Ay, abuela, qué manos tan grandes tienes!

—Para así poder cogerte mejor.

—¡Ay, abuela, qué boca tan grande y tan horrible tienes!

—Para así poder comerte mejor.

No había terminado de decir esto el lobo cuando salió de la cama de un salto y devoró a la pobre Caperucita Roja.

Cuando el lobo hubo saciado su apetito, volvió a meterse en la cama, se durmió y empezó a lanzar unos sonoros ronquidos. Justo en ese momento el cazador pasaba por delante de la casa y pensó: «¡Cómo ronca la anciana! Tienes que ver si le pasa algo». Así que entró en la sala y, al acercarse a la cama, vio al lobo tumbado en ella.

—Mira dónde te encuentro, viejo pecador —dijo—; hace mucho tiempo que te ando buscando.

Se disponía a preparar la escopeta cuando se le ocurrió que el lobo podía haberse comido a la anciana y que tal vez aún podría salvarla, así que no disparó, sino que cogió unas tijeras y empezó a cortarle la barriga al lobo, que estaba dormido. Tras dar un par de cortes, vio relucir la roja caperuza; dio unos cortes más y la niña salió de un salto gritando:

—¡Ay, qué susto he pasado, qué oscuro estaba todo en la barriga del lobo!

Y después salió la anciana abuela, también viva, sin poder respirar apenas. Caperucita Roja trajo rápidamente unas piedras grandes y con ellas llenaron la barriga del lobo; y cuando éste despertó, quiso levantarse de un salto y salir corriendo, pero las piedras le pesaban tanto que en ese mismo instante se cayó y se mató.

Entonces los tres se pusieron muy contentos: el cazador le arrancó la piel al lobo y se la llevó a casa, y la abuela se comió la tarta y se bebió el vino que Caperucita Roja le había llevado. Caperucita, sin embargo, pensó: «Jamás en la vida volverás a apartarte del camino y adentrarte

en el bosque cuando tu madre te lo haya prohibido».

Se cuenta también que en otra ocasión en que Caperucita Roja llevaba pasteles a la abuela, otro lobo le habló y trató de hacer que se saliera del sendero. Sin embargo, Caperucita Roja se cuidó mucho de ello, siguió derecha por su camino y le contó a su abuela que se había encontrado con el lobo y que le había dado los buenos días, pero con una mirada muy malvada.

—Si no hubiera sido porque estábamos en medio del camino, seguro que me habría devorado.

—Ven —dijo la abuela—, cerraremos bien la puerta para que no pueda entrar.

Al cabo de un rato el lobo llamó a la puerta y gritó:

—¡Abre, abuela, soy Caperucita Roja y te traigo unos pasteles!

Pero ellas callaron y no abrieron la puerta, así que aquel cabeza gris se puso a dar vueltas alrededor de la casa y, al final, se subió al tejado para esperar a que Caperucita Roja regresara a su casa al atardecer; entonces la seguiría y la devoraría en la oscuridad. Sin embargo, la abuela se percató de lo que el lobo tenía en mente. Delante de la casa había una gran artesa[51] de piedra, así que le dijo a la niña:

—Coge el cubo, Caperucita Roja, ayer hice unas salchichas; echa en la artesa el agua en la que las cocí.

Caperucita Roja no dejó de llevar agua hasta que la enorme artesa estuvo llena del todo. Entonces el olor de las salchichas le llegó al lobo a la nariz; empezó a olfatear y a mirar hacia abajo, y, al final, estiró tanto el cuello que no pudo sujetarse a nada y empezó a resbalarse del tejado, de modo que fue justo a caer de bruces en la enorme artesa y se ahogó. Y Caperucita Roja regresó contenta a casa y nadie le hizo jamás mal alguno.

51. Cajón rectangular, por lo general de madera, que se usa para mezclar cosas, por ejemplo, para amasar pan.

Los músicos de Bremen

Un hombre tenía un asno que a lo largo de muchos años le había llevado los sacos al molino sin ninguna fatiga, pero sus fuerzas estaban ahora llegando a su fin, de manera que cada día servía menos para el trabajo. Entonces el amo pensó en deshacerse de él, pero el asno se dio cuenta de que no soplaban vientos favorables, se escapó de casa y se encaminó a Bremen, donde pensaba que podría trabajar como músico ambulante. Cuando llevaba ya un rato andando, se encontró con un perro de caza tumbado en medio del camino, que jadeaba como quien se ha cansado de mucho correr.

—Vaya, ¿por qué jadeas así, Cazador? —preguntó el asno.

—Ay —respondió el perro—, porque, como soy viejo, y cada día estoy más débil y no puedo ya seguir cazando, mi amo me ha querido matar a palos, así que me he largado de casa, pero ¿cómo me voy a ganar el sustento?[52]

—¿Sabes? —dijo el asno—. Yo voy a Bremen y allí trabajaré de músico ambulante, ven conmigo y que te cojan también de músico. Yo tocaré el laúd[53] y tú los timbales.

Al perro le pareció bien aquello y siguieron andando. No había pasado mucho tiempo cuando vieron junto al camino a un gato con cara de pocos amigos.

—Y bien, ¿por qué estás tan enfadado, viejo Pelabarbas?

—¿Quién puede estar contento cuando tiene la soga[54] al cuello? —respondió el gato—. Como me estoy haciendo viejo, mis dientes ya no están afilados y prefiero estar sentado al lado de la estufa pensando en las musarañas que andar cazando ratones. Mi ama me ha querido ahogar, así que me he escapado de casa, pero ahora no sé qué hacer: ¿adónde puedo ir?

52. Lo fundamental que se necesita para vivir, como la comida, el agua, etc.
53. Instrumento de cuerda parecido a la guitarra.
54. Cuerda de gran grosor.

—Ven con nosotros a Bremen, seguro que entiendes de música nocturna y podrás ser músico ambulante.

Al gato le pareció bien y se marchó con ellos. Al rato los tres fugitivos pasaron por una granja; en el portón estaba el gallo de la casa cacareando con todas sus fuerzas.

—Tus gritos se le meten a uno hasta en los huesos —dijo el asno—. ¿En qué estás pensando?

—Sólo anuncio el buen tiempo —respondió el gallo— porque es el día en que Nuestra Señora lava las camisitas del Niño Jesús y las tiene que secar, pero, como mañana domingo vienen a comer unos invitados, el ama no tiene compasión de mí y le ha dicho a la cocinera que me quiere comer en la sopa y esta tarde me va a cortar la cabeza. Por eso, mientras pueda, gritaré a pleno pulmón.

—Pero ¿qué dices, Pelirrojo? —dijo el asno—. Antes vente con nosotros, vamos a Bremen, en cualquier sitio encontrarás algo mejor que la muerte; tienes una buena voz y, si tocamos juntos, la cosa tendrá su gracia.

Al gallo le gustó la propuesta y los cuatro se alejaron de aquel lugar.

Pero no pudieron llegar a la ciudad de Bremen en un solo día y por la noche se adentraron en un bosque, en el que tenían intención de descansar. El asno y el perro se tumbaron bajo un gran árbol, y el gato y el gallo se subieron a las ramas, pero este último subió mucho más alto, hasta la copa, donde se sentía más seguro. Antes de dormirse volvió a echar un vistazo y le pareció como si a lo lejos viera una chispita, así que les dijo a sus camaradas que debía de haber una casa no muy lejos de allí, porque había visto brillar una luz. El asno dijo:

—Entonces pongámonos en marcha y vayamos a ese lugar, porque esta posada no es buena.

El perro pensó que unos huesos con algo de carne le sentarían bien. Así que se encaminaron hacia la luz y pronto la vieron brillar con más claridad, y fue viéndose cada vez más y más, hasta que llegaron a la guarida de unos ladrones muy bien iluminada. El asno, como era el más grande, se acercó a la ventana y miró dentro.

—¿Qué ves, Tordo? —preguntó el gallo.

—¿Que qué veo? —respondió el asno—. Una mesa puesta con buena comida y bebida y unos ladrones sentados alrededor pasándolo muy bien.

—Eso no nos sentaría mal —dijo el gallo.

—Sí, sí, ¡ay, si estuviéramos ahí! —dijo el asno.

Entonces los animales se pusieron a deliberar sobre qué podían hacer para echar a los ladrones de allí y, al final, encontraron la forma. El asno pondría las patas delanteras en la ventana, el perro subiría de un brinco al lomo del asno, el gato se encaramaría al perro y, finalmente, el gallo volaría hasta posarse en la cabeza del gato. Una vez hecho esto, a una señal empezaron todos a la vez a hacer su música: el asno rebuznó, el perro ladró, el gato maulló y el gallo cantó; luego se colaron todos por la ventana de la sala con tal alboroto que los cristales empezaron a temblar. Al oír aquel espantoso griterío, los ladrones se levantaron de un salto pensando que había entrado un fantasma y huyeron muertos de miedo hacia el bosque. Así que los cuatro camaradas se sentaron a la mesa, cogieron con mucho gusto lo que había quedado y comieron como si luego tuvieran que ayunar cuatro semanas.

Cuando los cuatro músicos hubieron terminado, apagaron la luz y buscaron un sitio para dormir, cada cual según su naturaleza y comodidad. El asno se tumbó en el estiércol, el perro detrás de la puerta, el gato en el hogar, junto a la ceniza caliente, y el gallo se colocó en la viga, y, como estaban cansados del largo camino, se durmieron enseguida. Pasada la medianoche, como los ladrones vieron desde lejos que ya no había luz en la casa y que todo parecía tranquilo, su capitán dijo:

—No teníamos que habernos dejado amedrentar[55] tan rápido.

55. Asustar, aterrorizar.

Y ordenó a uno de ellos que fuera a ver cómo estaba la casa.

El enviado lo encontró todo en silencio, fue a la cocina a encender una luz y, al ver los ojos brillantes y como de fuego del gato, pensó que eran carbones encendidos y les echó un fósforo para que prendieran. Pero el gato no era amigo de bromas, así que le saltó a la cara, le bufó y le arañó. El ladrón se asustó sobremanera, echó a correr y, al tratar de salir por la puerta de atrás, el perro, que estaba allí tumbado, se levantó de un salto y le mordió la pierna; en el patio, al pasar a toda velocidad por el estiércol, el asno le dio una buena coz con la pata trasera y el gallo, que se había despertado con tanto ruido y ahora estaba bien despabilado, gritó desde la viga: «¡Kikirikí!». Al oírlo, el ladrón echó a correr todo lo deprisa que pudo hasta encontrar a su capitán y le dijo:

—¡Ay! En la casa hay una bruja espantosa, me ha bufado y me ha arañado todo el rostro con sus largas uñas, delante de la puerta hay un hombre con un cuchillo que me ha pinchado en la pierna, en el patio hay un monstruo de color negro que me ha dado un golpe con una maza de madera y, en lo alto del tejado, hay un juez que no deja de gritar: «¡Traédmelo aquí!». Así que me largué a todo correr.

A partir de ese momento los ladrones no se atrevieron a volver a la casa, pero a los cuatro músicos ambulantes les gustó tanto que ya no quisieron marcharse de ella. Y el último que ha contado esta historia aún tiene la boca seca.

Pulgarcito

Érase una vez un pobre campesino que por las noches se sentaba junto al fogón y atizaba el fuego, y su mujer se acomodaba a su lado e hilaba.

—¡Qué triste es que no tengamos niños! —decía él—. ¡En nuestra casa hay tanto silencio y en las otras tanto bullicio y alegría...!

—Sí —contestaba la mujer entre suspiros—, aunque sólo fuera uno, y fuera muy pequeño, del tamaño del pulgar, ya me sentiría contenta, lo querríamos de todo corazón.

Entonces aconteció que la mujer se puso algo enferma y a los siete meses dio a luz a un niño que, aunque tenía todos sus miembros completos, no era más grande que un pulgar.

—Es tal como habíamos deseado, y será nuestro querido hijo —dijeron, y lo llamaron Pulgarcito por su tamaño.

No dejaron que nunca le faltara comida, pero el niño no crecía, sino que seguía midiendo lo mismo que cuando nació. Pero su mirada era inteligente y pronto se vio que era un niño listo y hábil, al que le salía bien todo lo que emprendía.

Un día, el campesino se disponía a ir al bosque a talar madera; entonces dijo en voz baja:

—Me gustaría que alguien pudiera llevarme el carro después.

—¡Oh, padre! —exclamó Pulgarcito—. Yo mismo llevaré el carro, confiad en ello, a la hora justa estará en el bosque.

—¿Y eso cómo va a ser posible? —dijo el hombre, riéndose—. Eres demasiado pequeño para llevar al caballo de las riendas.

—Eso no importa, padre. Si madre lo quiere enganchar, yo me sentaré en la oreja del caballo y le iré diciendo por dónde tiene que ir.

—Está bien —respondió el padre—, vamos a intentarlo por una vez.

Cuando llegó la hora, la madre enganchó el caballo y colocó a Pulgarcito en la oreja del caballo y, entonces, el pequeño le gritó al oído cómo ir:

—¡Arre, arre! ¡Vamos, dale!

Todo fue muy bien, igual que si lo llevara un maestro, y el carro siguió el camino correcto en dirección al bosque. Sin embargo, aconteció que, justamente al doblar una esquina, el pequeño gritaba «¡arre, arre!» mientras venían por el camino dos forasteros.

—¡Caramba! —dijo uno—. Pero ¿esto qué es? Ahí va un carro y se oye a un cochero que le grita al caballo, pero no se lo ve.

—Aquí hay gato encerrado —repuso el otro—, vamos a seguir el carro hasta ver adónde para.

Pero el carro se adentró bien en el bosque, justo hasta el sitio en el que estaban cortando la leña. Cuando Pulgarcito vio a su padre, le dijo bien alto:

—¿Lo ves, padre? Aquí estoy con el carro; ahora bájame.

El padre agarró el caballo con la mano izquierda y con la derecha sacó de la oreja a su hijito, que se sentó todo contento en una brizna de paja. Cuando los dos forasteros vieron a Pulgarcito, se quedaron mudos de asombro. Entonces uno se llevó al otro aparte y le dijo:

—Oye, con ese pequeñajo podríamos ganar

una fortuna si cobráramos por exhibirlo en una gran ciudad; vamos a comprarlo.

Fueron hasta donde estaba el campesino y le dijeron:

—Véndenos al hombrecillo, con nosotros estará bien.

—No —respondió el padre—, es mi tesoro y no lo vendo ni por todo el oro del mundo.

Pero Pulgarcito, al oír la oferta de los hombres, se encaramó por los pliegues de la chaqueta de su padre, se le puso en el hombro y le susurró al oído:

—Padre, véndeme, yo ya sabré cómo regresar.

Entonces el padre se lo dio a los dos hombres a cambio de un buen dinero.

—¿Dónde quieres sentarte? —le dijeron.

—Bueno, sentadme en el ala de vuestro sombrero, ahí puedo pasear de un lado a otro y contemplar el paisaje sin caerme.

Cumplieron su petición y, una vez que Pulgarcito se hubo despedido de su padre, se pusieron en marcha con él. Fueron así hasta que empezó a oscurecer.

—Bajadme, tengo una necesidad —dijo entonces el pequeño.

—Quédate ahí arriba —replicó el hombre en cuya cabeza iba Pulgarcito—, no me importa, los pájaros también dejan caer algo de vez en cuando.

—No —dijo Pulgarcito—, yo sé lo que debo hacer, bajadme rápidamente.

El hombre se quitó el sombrero y dejó al pequeño en un campo, al lado del camino; entonces éste dio un brinco, se arrastró un poco por entre los terrones de tierra y, de repente, se escurrió dentro de una ratonera que había estado buscando.

—¡Buenas noches, señores, volved a casa sin mí! —les gritó riéndose de ellos.

Ellos echaron a correr hacia el lugar y pincharon con algunas varas la ratonera, pero fue en vano: Pulgarcito reculaba cada vez más y, como pronto se hizo completamente de noche, tuvieron que volver a casa enfadados y con la bolsa vacía.

Cuando Pulgarcito se percató de que se habían ido, volvió a salir por aquel túnel de debajo de la tierra.

—Es muy peligroso andar por el campo en la oscuridad —dijo—, es muy fácil romperse la crisma.

Por suerte se encontró una concha de caracol vacía.

—¡Alabado sea Dios! —dijo—. Aquí puedo pasar la noche seguro. —Y se metió en ella.

No había pasado mucho tiempo, justo estaba a punto de dormirse, cuando oyó que dos hombres pasaban por allí y el uno le decía al otro:

—¿Cómo vamos a quitarle al cura, que es tan rico, el oro y la plata?

—Yo podría decírtelo —le interrumpió Pulgarcito.

—¿Qué ha sido eso? —dijo asustado uno de los ladrones—. He oído hablar a alguien.

Se detuvieron y se pusieron a escuchar; entonces Pulgarcito volvió a decir:

—Llevadme con vosotros, yo os ayudaré.

—Pero ¿dónde estás?

—Sólo tenéis que buscar por el suelo y ver de dónde procede la voz —respondió.

Finalmente los ladrones lo encontraron y lo sacaron de la concha de caracol.

—¡Tú, pequeñajo! ¿Y cómo vas a ayudarnos? —dijeron.

—Mirad —respondió—, me colaré en la habitación del cura por entre los barrotes y os daré lo que queráis.

—Pues ea —replicaron—, ya veremos qué sabes hacer.

Cuando llegaron a la casa del cura, Pulgarcito se coló en el cuarto, pero al punto empezó a gritar con todas sus fuerzas:

—¿Queréis todo lo que hay aquí?

Los ladrones se asustaron y dijeron:

—Habla más bajo, que no se despierte nadie.

Pero Pulgarcito hizo como si no lo hubiera entendido y volvió a gritar:

—¿Qué es lo que queréis? ¿Queréis todo lo que hay aquí?

Esto lo oyó la cocinera, que dormía en la habitación de al lado, por lo que se incorporó en la cama y se puso a escuchar. Pero los ladrones, asustados, habían retrocedido un trecho del camino; al final recobraron el ánimo y pensaron: «El pequeñajo quiere burlarse de nosotros».

—Ahora tómatelo en serio y sácanos algo —susurraron al regresar.

Entonces Pulgarcito volvió a chillar tan alto como pudo:

—Os lo daré todo, poned las manos.

La criada que estaba al acecho lo escuchó con toda claridad, saltó de la cama y entró a trompicones[56] en la habitación. Los ladrones salieron corriendo como si los persiguiera el mismísimo diablo, pero la criada, como no veía nada, fue a encender una vela. Cuando ésta ya se acercaba con ella, Pulgarcito salió del cuarto y se metió en el granero sin que lo vieran; la criada, tras haber escudriñado todos los rincones sin encontrar nada, acabó por volver a acostarse y creyó que había estado soñando despierta.

Pulgarcito se había encaramado hasta el pajar y había encontrado un bonito lugar donde dormir; allí se disponía a descansar hasta que fuera de día y luego regresaría a casa de sus padres. ¡Pero tuvo

56. Tambaleándose, tropezándose.

que vivir otras cosas! Sí, ¡hay mucha tristeza y penuria en el mundo! Cuando el día empezaba a clarear, la criada se levantó de la cama para dar de comer al ganado. Sus primeros pasos se dirigieron al granero, donde cogió una abundante brazada de heno,[57] justamente del sitio donde estaba durmiendo el pobre Pulgarcito. Pero éste dormía tan profundamente que no se percató de nada y no se despertó hasta que estuvo en el hocico de una vaca que lo había cogido con el heno.

—¡Ay, Dios mío! —exclamó—. ¿Cómo he ido a parar a este molino? —Pero pronto se dio cuenta de dónde estaba realmente.

Eso significaba tener cuidado de no ir a caer entre los dientes y que lo trituraran, además, tenía que ver cómo deslizarse también con el heno hasta el estómago.

—En este cuartito se han olvidado de las ventanas —dijo—, dentro no brilla el sol y tampoco van a traer una luz.

Aquel alojamiento no le gustaba nada, y lo que era peor, cada vez entraba más heno nuevo por

57. Hierba cortada y secada que se usa para alimentar al ganado.

la puerta y el sitio se hacía cada vez más estrecho. Entonces, presa del pánico, gritó lo más alto que pudo:

—¡No me des más pasto fresco, no me des más pasto fresco!

Justo en ese momento, la criada estaba ordeñando la vaca y, al oírla hablar sin ver a nadie y darse cuenta de que era la misma voz que había oído por la noche, se asustó tanto que se cayó del taburete y derramó la leche. A toda velocidad fue corriendo hasta donde estaba su señor y gritó:

—¡Ay, Dios mío, señor cura, la vaca ha hablado!

—Te has vuelto loca —respondió el cura, pero fue en persona al establo a ver qué pasaba.

Y apenas había puesto el pie en él, Pulgarcito volvió a gritar:

—¡No me des más pasto fresco, no me des más pasto fresco!

Entonces el cura mismo también se asustó, pensó que un espíritu maligno se había metido en la vaca y la mandó matar. La sacrificaron,[58] y las tripas, donde estaba Pulgarcito, las tiraron a la basura. A Pulgarcito le costó mucho trabajo abrirse cami-

58. Mataron un animal.

no y también salir de allí, pero consiguió hacerse sitio, aunque justo cuando iba a asomar la cabeza, ocurrió una nueva desgracia. Un lobo hambriento se acercó hasta allí y se tragó todas las tripas de un bocado. Pulgarcito no se desanimó. «A lo mejor —pensó—, se puede hablar con el lobo», y le gritó desde la barriga:

—Querido lobo, yo sé decirte dónde hay un bocado magnífico.

—¿Dónde hay que cogerlo? —preguntó el lobo.

—En esa casa de allí, tienes que colarte por el desagüe y encontrarás tantas tartas, tocino y embutido como quieras comer.

Y pasó a describirle con todo detalle la casa de su padre.

El lobo no se lo hizo repetir dos veces; por la noche se metió por el desagüe y en la despensa comió a placer. Una vez se hubo saciado, se dispuso a marcharse, pero había engordado tanto que no podía salir por el mismo camino. Pulgarcito había contado con ello y entonces empezó a hacer un ruido tremendo en el cuerpo del lobo, alborotando y gritando todo lo que podía.

—¿Quieres estarte quieto? —dijo el lobo—. Vas a despertar a la gente.

—¡Anda! —respondió el pequeño—. Tú te has hartado a comer, yo también quiero divertirme.

Y de nuevo empezó a gritar con todas sus fuerzas.

A consecuencia de esto se despertaron por fin su padre y su madre, fueron corriendo a la despensa y miraron por la rendija de la puerta. Al ver que había un lobo dentro se largaron corriendo de allí; el hombre cogió el hacha y la mujer la guadaña.[59]

—Quédate atrás —dijo el marido mientras entraban en la despensa—, cuando le haya dado un golpe, si todavía no está muerto, entonces le das tú otro y le abres el cuerpo.

En ese momento, Pulgarcito oyó la voz de su padre y gritó:

—Querido padre, aquí estoy, dentro del lobo.

—Alabado sea Dios, hemos encontrado a nuestro hijo querido —dijo el padre, lleno de alegría, a la vez que hacía un gesto a la mujer para que apartara la guadaña y, así, no malhiriera a Pulgarcito.

59. Instrumento de labranza formado por un palo largo y una cuchilla curva en un extremo que sirve para segar, es decir, cortar hierba. Suele retratarse a la muerte con la guadaña como «segadora de vidas».

Tras esto levantó el brazo y le dio al lobo tal golpe en la cabeza que éste se desplomó muerto; luego buscaron navaja y tijeras, le abrieron el cuerpo y sacaron al pequeño.

—¡Ay! —dijo el padre—. ¡Qué preocupados estábamos por ti!

—Sí, padre, he recorrido mucho mundo, ¡gracias a Dios que puedo volver a respirar aire puro!

—¿Y por dónde has andado?

—Uy, padre: he estado en una ratonera, en las tripas de una vaca y en la barriga de un lobo, ahora me quedaré con vosotros.

—Y nosotros no volveremos a venderte ni por todo el oro del mundo —dijeron los padres, acariciando y besando a su querido Pulgarcito.

Le dieron de comer y de beber y le hicieron nuevas ropas, porque las suyas se habían estropeado en el viaje.

La bella durmiente

Hace mucho tiempo había un rey y una reina que decían a diario: «¡Ay, si tuviéramos un hijo!», pero seguían sin tener ninguno. Entonces aconteció que, estando la reina en una ocasión en el baño, un sapo salió del agua y le dijo:

—Tu deseo se cumplirá: antes de que pase un año darás a luz a una niña.

Ocurrió tal como el sapo había dicho y la reina dio a luz a una niña que era tan hermosa que el rey no cabía en sí de gozo, por lo que organizó una gran fiesta. No sólo invitó a sus parientes, amigos y conocidos, sino también a las mujeres más sabias, para que le fueran benévolas y propicias[60] a la niña. Había trece en el reino pero, como sólo

60. Favorables.

tenía doce platos de oro, en los que ellas habían de comer, una tuvo que quedarse en casa. La fiesta se celebró con gran pompa y, al terminar, las sabias mujeres obsequiaron a la niña con sus maravillosos dones: una con virtud, otra con belleza, la tercera con riqueza y, así, con todo lo que se pueda desear en el mundo. Cuando once habían expresado ya sus deseos, entró de repente la que hacía el número trece. Tenía intención de vengarse porque no la habían invitado y, sin saludar y ni siquiera mirar a nadie, dijo en voz muy alta:

—¡A los quince años, la hija del rey se pinchará con un huso y morirá!

Y, sin decir una palabra más, se dio la vuelta y abandonó la sala. Todos se quedaron aterrorizados, pero entonces se adelantó la número doce, a la que aún le quedaba su deseo y, como no podía deshacer la malvada profecía,[61] sino tan sólo mitigarla,[62] dijo:

—Pero la hija del rey no morirá, sino que se sumirá en un profundo sueño de cien años.

61. Anuncio por medios sobrenaturales de un suceso futuro.

62. Reducirla, aliviarla.

El rey, que quería preservar a su querida hija de la desgracia, ordenó que fueran quemados todos los husos del reino. En la joven se hicieron efectivos todos los dones de las mujeres sabias, pues era tan hermosa, discreta, amable y comprensiva que todo el que la veía acababa queriéndola. Aconteció que, justo el día en que cumplía quince años, el rey y la reina no estaban en casa, y la joven se quedó completamente sola en palacio. Entonces se puso a recorrerlo por todas partes, exploró todas las salas y cuartos que le apetecieron y, al final, llegó también a una vieja torre. Subió la estrecha escalera de caracol y llegó hasta una pequeña puerta. En la cerradura había una llave oxidada y, cuando le dio la vuelta, la puerta se abrió y vio allí a una anciana con un huso que hilaba toda hacendosa[63] su lino.

—Buenos días, abuelita —dijo la hija del rey—, ¿qué es lo que estás haciendo?

—Estoy hilando —respondió la anciana meneando la cabeza.

—¿Qué es esa cosa tan divertida que da vueltas? —preguntó la joven cogiendo el huso y dispuesta a hilar ella también.

63. Que lleva a cabo bien sus labores domésticas.

Pero apenas hubo tocado el huso se cumplió el conjuro y se pinchó con él en el dedo.

No obstante, en el momento en que sintió el pinchazo, se desplomó sobre la cama que allí había y se sumió en un profundo sueño. Y ese sueño se extendió por todo el palacio: el rey y la reina, que acababan de regresar y estaban en el gran salón, empezaron a adormilarse y, con ellos, toda la corte. Luego se durmieron también los caballos en el establo, los perros en el patio, las palomas en el tejado, las moscas en la pared, incluso el fuego que ardía en el hogar se calló y se durmió, y el asado dejó de asarse, y el cocinero, que estaba a punto de darle un tirón de pelos al pinche porque había tenido un descuido, lo soltó y se durmió. Y el viento se calmó y en los árboles que había delante de palacio no se movió una sola hojita más.

Entonces, alrededor del palacio empezó a crecer un seto de espinos que iba haciéndose más grande año tras año y, al final, acabó por cubrirlo todo y creció por encima del palacio hasta el punto de que ya no se veía ni pizca de él, ni siquiera el estandarte del tejado. Por el país, no obstante, corrió la leyenda de la bella y durmiente Rosita de Espino, pues ése era el nombre de la hija del rey,

de manera que de vez en cuando llegaban hijos de reyes con la intención de atravesar el seto y entrar en el palacio. Pero no podían, porque las espinas, como si tuvieran manos, los sujetaban con firmeza y los jóvenes se quedaban allí atrapados, sin poder soltarse, y morían de una manera espantosa. Pasados muchos muchos años, volvió al país en una ocasión el hijo de un rey y oyó decir a un anciano, que hablaba del seto de espinos, que detrás había un palacio en el que una hermosísima princesa, llamada Rosita de Espino, llevaba cien años durmiendo y, como ella, también lo hacían el rey y la reina y toda la corte. Sabía también por su abuelo que ya habían venido muchos hijos de reyes que habían intentado atravesar el seto de espinos, pero que habían quedado atrapados en él y habían perecido de una muerte muy triste.

—Yo no tengo miedo, voy a ir a ver a la bella durmiente —dijo el joven.

Ya pudo el buen anciano intentar quitárselo de la cabeza como fuera, él hizo caso omiso de sus palabras.

Pero justo entonces habían transcurrido los cien años y ya había llegado el día en que la bella durmiente había de despertar. Cuando el hijo del

rey se aproximó al seto de espinos, no había más que un sinfín de flores grandes y hermosas, que se hicieron a un lado por sí solas y lo dejaron pasar sin daño alguno, y volvieron a cerrarse a sus espaldas igual que un seto. En el patio del palacio vio durmiendo a los caballos y a los perros de manchas; en el tejado estaban las palomas con la cabecita bajo el ala. Y, cuando entró en la casa, las moscas dormían en la pared, en la cocina el cocinero aún tenía levantada la mano como si fuera a agarrar al pinche, y la criada estaba sentada ante el gallo negro que iba a desplumar. Entonces siguió andando y en el gran salón vio a toda la corte durmiendo en el suelo, y en lo alto, junto al trono, estaban el rey y la reina. Siguió avanzando, y todo estaba tan en silencio que uno podía oír su respiración, y, finalmente, llegó a la torre y abrió la puerta que llevaba hasta el cuartito en el que yacía la bella durmiente. Allí estaba, y era tan hermosa que no podía apartar los ojos de ella, así que se inclinó y le dio un beso. Al rozarla con el beso, la bella durmiente abrió los ojos, se despertó y lo miró muy cariñosa. Entonces bajaron juntos, y el rey se despertó, y la reina y toda la corte, y todos se miraron unos a otros perplejos. Y los caballos del patio se levantaron y se sacudieron, los perros saltaron y ladraron, las palomas del tejado sacaron la cabecita de debajo del ala, miraron a su alrededor y echaron a volar hacia el campo; las moscas de las paredes siguieron arrastrándose por ellas, el fuego de la cocina se alzó, llameó y cocinó la comida; el asado empezó otra vez a chisporrotear y el cocinero le dio al pinche una bofetada tal que éste soltó un grito, y la criada terminó de desplumar el gallo. Y entonces se celebró con gran pompa la boda del hijo del rey con la bella durmiente, y vivieron felices hasta el fin de sus días.

del [illegible] y se [illegible] los perros salaron y [illegible] las [illegible] de [illegible] o sacaron la [illegible] debajo del [illegible] a [illegible] hacia el campo. Las noches de las [illegible] el [illegible] la [illegible] la [illegible] que [illegible] en [illegible] y la casa [illegible] la [illegible] del [illegible] y con la [illegible] hasta el [illegible] día.

Blancanieves

Érase una vez en pleno invierno, cuando los copos de nieve caían del cielo como plumas, que una reina estaba sentada cosiendo junto a una ventana que tenía un marco de ébano.[64] Y como, mientras estaba así cosiendo, levantara la vista hacia la nieve, se pinchó con la aguja en el dedo y tres gotas de sangre cayeron en ella. Y como el rojo se veía tan bello sobre la blanca nieve pensó: «Si tuviese una niña tan blanca como la nieve, tan roja como la sangre y tan negra como la madera de este marco…». Al poco tiempo tuvo una hija que era tan blanca como la nieve, tan roja como la sangre y tenía los cabellos tan ne-

64. Madera preciosa de color oscuro, procedente del árbol del mismo nombre.

gros como el ébano, y por eso la llamaron Blancanieves. Y, nada más nacer la niña, murió la reina.

Pasado un año, el rey tomó otra esposa. Era una mujer hermosa, pero orgullosa y arrogante, y no podía soportar que alguien la superase en belleza. Tenía un espejo maravilloso y, cuando se situaba frente a él y se miraba, decía:

—Espejito, espejito de la pared,
la más hermosa de todo el reino, ¿quién es?

A lo que el espejo respondía.

—Mi reina y señora, en el reino vos sois la más hermosa.

Entonces se quedaba satisfecha, pues sabía que el espejo decía la verdad.

Pero Blancanieves fue creciendo y fue haciéndose cada vez más bella, y cuando hubo cumplido siete años, era ya tan linda como la luz del día y más hermosa que la propia reina. En una ocasión le preguntó a su espejo:

—Espejito, espejito de la pared,
la más hermosa de todo el reino, ¿quién es?

El espejo respondió:

—Mi reina y señora,
vos sois aquí la más hermosa,

pero Blancanieves
es mil veces que vos más preciosa.

Entonces la reina se asustó y se puso amarilla y verde de envidia. Desde ese momento, cada vez que veía a Blancanieves, el corazón se le revolvía en el cuerpo, tal era el odio que sentía por la muchacha. Y la envidia y la arrogancia fueron creciendo más y más en su corazón, como la mala hierba, hasta que no llegó a tener un minuto de paz, ni de día ni de noche. Así que llamó a un cazador y le dijo:

—Llévate a la niña al bosque, no quiero volver a verla más. La matarás y me traerás como prueba el pulmón y el hígado.

El cazador obedeció y se la llevó, y cuando ya había sacado el cuchillo de monte y se disponía a atravesar el inocente corazón de Blancanieves, ésta se echó a llorar diciendo:

—¡Ay, querido cazador, déjame vivir, me adentraré en el bosque y no regresaré jamás!

Y, como era tan hermosa, el cazador se compadeció de ella y dijo:

—Entonces echa a correr, pobre criatura.

«Las fieras salvajes pronto te comerán», pensó y, con todo, sintió como si se hubiera quitado un gran peso de encima al no tener que matarla. Y como justo en ese momento pasaba por allí un jabato,[65] le clavó el cuchillo, le sacó el pulmón y el hígado y se los llevó a la reina como prueba. El cocinero tuvo que cocerlos con sal y la pérfida mujer se los comió creyendo que se había comido el pulmón y el hígado de Blancanieves.

Ahora la pobre niña estaba sola y desamparada en el inmenso bosque, y tenía tanto miedo que miraba las hojas de los árboles y no sabía qué hacer. Entonces empezó a andar, y anduvo sobre las afiladas piedras y por entre los espinos, y las fieras pasaban a su lado sin hacerle nada. Siguió caminando todo lo que los pies pudieron sostenerla, hasta que empezó a hacerse de noche; entonces vio una pequeña casita y entró en ella para descansar. En la casita todo era diminuto, pero tan delicado y tan limpio que no había nada que decir sobre ello. Había una mesita puesta con un mantel blanco y siete pequeños platos, cada uno con su cucharita, y además siete cuchillitos, siete tenedorcitos y siete vasitos. Junto a la pared había siete camitas colocadas una al lado de la otra y cu-

65. Cachorro del jabalí.

biertas con sábanas blancas como la nieve. Blancanieves, como tenía tanta hambre y tanta sed, comió de cada platito un poco de verdura y de pan y de cada vasito se bebió un sorbito de vino, pues no quería quitárselo todo a uno solo. Después, como estaba cansada, se tumbó en una camita, pero ninguna le iba bien: la una era muy larga, la otra demasiado corta, hasta que al final la séptima resultó adecuada, y en ella se quedó, se encomendó a Dios y se durmió.

Cuando ya era completamente de noche llegaron los dueños de la casa: eran siete enanos que picaban y excavaban las montañas buscando minerales. Encendieron sus siete lamparitas y, al iluminarse la casita, vieron que alguien había estado allí, pues no todo estaba tan ordenado como lo habían dejado. El primero dijo:

—¿Quién se ha sentado en mi sillita?

El segundo:

—¿Quién ha comido de mi platito?

El tercero:

—¿Quién ha cogido un pedazo de mi panecito?

El cuarto:

—¿Quién ha comido de mi verdurita?

El quinto:

—¿Quién ha pinchado con mi tenedorcito?

El sexto:

—¿Quién ha cortado con mi cuchillito?

El séptimo:

—¿Quién ha bebido de mi vasito?

Entonces el primero miró a su alrededor y vio que su cama estaba un poco aplastada, así que dijo:

—¿Quién se ha echado en mi camita?

Los otros acudieron presurosos y exclamaron:

—También se ha echado alguien en la mía.

Pero el séptimo, al mirar su cama, divisó a Blancanieves, que dormía en ella.

Entonces llamó a los otros, que llegaron corriendo y gritaron de pura admiración, cogieron sus siete lamparitas y alumbraron a Blancanieves.

—¡Ay, Dios mío! ¡Ay, Dios mío! —exclamaban—. ¡Qué niña tan hermosa!

Y estaban tan contentos que no la despertaron, sino que dejaron que siguiera durmiendo en la camita.

Y el séptimo enano durmió con sus compañeros, una hora con cada uno, y así transcurrió la noche.

Al hacerse de día, Blancanieves se despertó y, al ver a los siete enanos, se asustó. Pero éstos fueron muy amables y le preguntaron:

—¿Cómo te llamas?

—Me llamo Blancanieves —respondió ella.

—¿Cómo has llegado a nuestra casa? —continuaron preguntando los enanos.

Entonces ella les contó que su madrastra había ordenado que la mataran, pero que el cazador le había perdonado la vida y que había estado caminando todo el día hasta que por fin había encontrado su casita. Los enanos dijeron:

—Si quieres cuidar de nuestra casa, cocinar, hacer las camas, lavar, coser y remendar la ropa, y si estás dispuesta a mantenerlo todo en orden y limpio, entonces puedes quedarte con nosotros y no te faltará de nada.

—Sí —dijo Blancanieves—, de todo corazón.

Y se quedó con ellos.

Ella mantenía siempre su casa en orden: por la mañana los enanos se iban a las montañas en busca de minerales y oro, por la noche regresaban y entonces su cena tenía que estar preparada. Durante el día, la niña se quedaba sola, por eso los buenos enanitos le advirtieron:

—Cuídate de tu madrastra, pronto sabrá que estás aquí; no dejes entrar a nadie.

Pero la reina, como creía haberse comido el

pulmón y el hígado de Blancanieves, no pensaba en otra cosa más que en que era de nuevo la primera y la más hermosa, así que se colocó ante el espejo y dijo:

—Espejito, espejito de la pared,
la más hermosa de todo el reino, ¿quién es?

A lo que el espejo respondió:

—Mi reina y señora,
vos sois aquí la más hermosa,
pero en los montes, al otro lado,
Blancanieves con los siete enanos
es mil veces que vos más preciosa.

Entonces se asustó, pues sabía que el espejo nunca mentía, y comprendió que el cazador la había engañado y que Blancanieves aún seguía con vida. Así que empezó de nuevo a pensar y a pensar en cómo matarla, pues en tanto ella no fuera la más hermosa del reino, la envidia no le dejaría un solo instante de paz. Y cuando finalmente se le hubo ocurrido qué hacer, se pintó la cara y se vistió como una vieja chamarilera,[66] hasta el punto de que era imposible reconocerla. Así vestida,

66. Mujer que compra y vende objetos viejos y de precios rebajados.

atravesó las siete montañas en dirección a la casa de los siete enanos, llamó a la puerta y gritó:

—¡Vendo buena mercancía! ¡Buena mercancía!

Blancanieves se asomó a la ventana y saludó:

—Buenos días, buena mujer, ¿qué es lo que vendéis?

—Buena mercancía, preciosa mercancía —respondió—, cintas de todos los colores.

Y sacó una tejida con seda de colores.

«A esta honrada mujer puedo dejarla entrar», pensó Blancanieves, abrió la puerta y se compró la hermosa cinta.

—Niña —dijo la anciana—, ¡qué hermosa eres! Ven, voy a atártela bien.

Blancanieves no temía nada malo, así que se situó ante ella y dejó que le pusiera al cuello la nueva cinta, pero la vieja la ató tan deprisa y tan fuerte que a Blancanieves se le cortó la respiración y cayó al suelo como muerta.

—Ahora has dejado de ser la más hermosa —dijo la anciana, y se marchó de allí a toda prisa.

No había pasado mucho rato, a la hora de la cena, cuando llegaron a casa los siete enanos, pero se asustaron mucho al ver a su querida Blancanieves en el suelo, sin moverse ni agitarse, como si estuviera muerta. La levantaron y, al ver que el nudo estaba muy fuerte, cortaron la cinta en dos: entonces empezó a respirar y fue reanimándose poco a poco. Cuando los enanos oyeron lo que había ocurrido, dijeron:

—La vieja chamarilera no era otra que la malvada reina: ten cuidado y no dejes entrar a nadie cuando no estemos contigo.

Pero la mala mujer, nada más llegar a casa, se puso frente al espejo y preguntó:

—Espejito, espejito de la pared,
la más hermosa de todo el reino, ¿quién es?

A lo que éste respondió como de costumbre:

—Mi reina y señora,
vos sois aquí la más hermosa,
pero en los montes, al otro lado,
Blancanieves con los siete enanos
es mil veces que vos más preciosa.

Al escuchar esto, se asustó tanto que le dio un vuelco el corazón, porque comprendió que Blancanieves había vuelto a la vida.

—Pues ahora —dijo— voy a idear algo que te aniquilará por completo.

Y con las artes de brujería que conocía preparó un peine envenenado.

Luego se disfrazó y adoptó la forma de otra anciana. Así vestida, atravesó las siete montañas en dirección a la casa de los siete enanos, llamó a la puerta y gritó:

—¡Vendo buena mercancía!

Blancanieves se asomó a la ventana y dijo:

—Sigue tu camino, no debo abrirle la puerta a nadie.

—Pero mirar sí que podrás —dijo la anciana y, sacando el peine envenenado, lo sostuvo en alto.

A la niña le gustó tanto que se dejó seducir y abrió la puerta. Una vez acordada la venta, la anciana dijo:

—Ahora voy a peinarte como es debido.

La pobre Blancanieves no sospechó nada y dejó hacer a la anciana, pero apenas hubo metido ésta el peine en sus cabellos, el veneno empezó a actuar y la niña cayó al suelo sin sentido.

—¡Tú, dechado[67] de belleza! —dijo la pérfida mujer—. Ahora sí que estás muerta.

Y se marchó del lugar.

Por suerte, pronto se hizo de noche y los sie-

67. Modelo máximo de cualidades, tanto positivas como negativas.

te enanitos regresaron a casa. Al ver a Blancanieves en el suelo como muerta, sospecharon inmediatamente de la madrastra, se pusieron a buscar y encontraron el peine envenenado, y, nada más sacarlo, Blancanieves volvió en sí y les contó lo que había sucedido. Entonces volvieron a advertirle de que tuviera cuidado y no abriera la puerta a nadie.

En casa, la reina se colocó frente al espejo y dijo:

—Espejito, espejito de la pared,
la más hermosa de todo el reino, ¿quién es?

A lo que éste respondió igual que antes:

—Mi reina y señora,
vos sois aquí la más hermosa,
pero en los montes, al otro lado,
Blancanieves con los siete enanos
es mil veces que vos más preciosa.

Al oír al espejo decir esto, se estremeció y tembló de rabia.

—Blancanieves morirá —gritó—, aunque me cueste la vida.

A continuación se dirigió a un aposento solitario y oculto en el que no entraba nadie y preparó una manzana envenenada. Por fuera tenía un aspecto bellísimo, blanca y sonrosada, de manera que a cualquiera que la viera le entrarían ganas de morderla, pero quien comiera aunque fuera sólo un pedacito, moriría. Cuando hubo terminado de preparar la manzana, se pintó la cara y se disfrazó de campesina, y así vestida, atravesó las siete montañas en dirección a la casa de los siete enanos. Llamó a la puerta; Blancanieves se asomó a la ventana y dijo:

—No puedo dejar entrar a nadie, los siete enanos me lo han prohibido.

—No me importa —respondió la campesina—, ya venderé mis manzanas en otro sitio. Toma, te regalo una.

—No —replicó Blancanieves—, no puedo aceptar nada.

—¿Temes que esté envenenada? —dijo la anciana—. Mira, voy a cortar la manzana en dos, tú te comes la parte roja y yo la blanca.

Pero la manzana estaba preparada tan artificiosamente que la mitad roja era la única que estaba envenenada. Blancanieves observó de buena gana la hermosa manzana y, al ver que la campesina la mordía, no pudo resistirse por más tiempo, sacó la mano por la ventana y cogió la mitad envenenada. Y apenas se hubo metido un pedazo en la boca, cayó muerta al suelo. La reina la observó entonces con una pérfida[68] mirada y, riéndose a carcajadas, dijo:

—¡Blanca como la nieve, roja como la sangre, negra como el ébano! Esta vez no podrán despertarte los enanos.

Y cuando, al llegar a casa, preguntó al espejo:

—Espejito, espejito de la pared,
la más hermosa de todo el reino, ¿quién es?

Éste respondió por fin:

—Mi reina y señora, vos sois aquí la más hermosa.

Entonces su corazón envidioso se calmó en la medida en que puede encontrar calma un corazón envidioso.

Al llegar a casa por la noche, los enanitos encontraron a Blancanieves en el suelo: de su boca no salía aire alguno y estaba muerta. La levantaron, buscaron a ver si encontraban algo venenoso, le desabrocharon el cinturón, le peinaron los cabellos, la lavaron con agua y vino, pero nada de eso sirvió: la querida niña estaba muerta y muerta si-

68. Malvada.

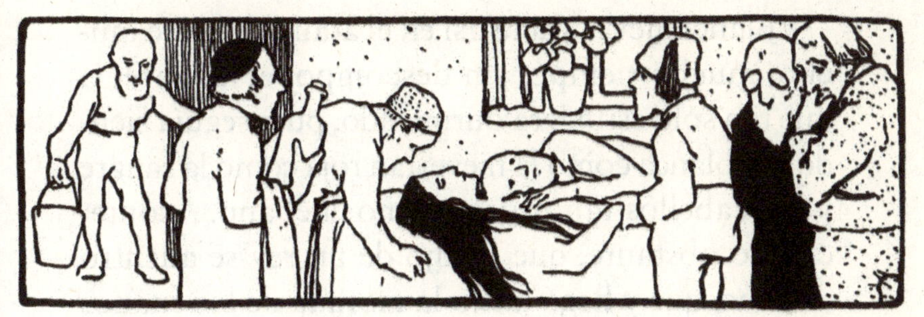

guió estando. La colocaron en un féretro,[69] los siete se sentaron a su lado y la lloraron durante tres días. Quisieron entonces enterrarla, pero tenía el mismo aspecto lozano que una persona viva y conservaba aún sonrojadas sus hermosas mejillas.

—No podemos enterrarla así en la negra tierra —dijeron, y encargaron un ataúd de transparente cristal para que se la pudiera ver por todos los lados, la metieron dentro y grabaron en él su nombre con letras doradas, y uno de ellos se quedaba siempre a su lado haciendo guardia. Y también vinieron animales a llorar a Blancanieves: primero un búho, luego un cuervo, finalmente una palomita.

69. Cajón, por lo general de madera, en el que se llevan los cadáveres hasta su destino final, sea el entierro o la incineración.

Blancanieves yació así en el ataúd durante mucho, mucho tiempo, sin descomponerse; parecía que tan sólo estuviera durmiendo, pues seguía siendo tan blanca como la nieve, tan roja como la sangre y sus cabellos tan negros como el ébano. Aconteció, no obstante, que el hijo de un rey se adentró en el bosque y llegó hasta la morada de los enanos para pasar allí la noche. En la cima de la montaña vio el féretro y a la hermosa Blancanieves en su interior, y leyó lo que estaba escrito con letras de oro.

—Entregadme el ataúd —dijo a los enanos—, os daré por él lo que queráis.

Pero los enanos respondieron:

—No te lo daremos ni por todo el oro del mundo.

—Pues regaládmelo —replicó él entonces—, porque no podré vivir sin ver a Blancanieves; la honraré y la respetaré como al ser que más quiero.

Al oírle hablar así, los buenos enanitos se compadecieron de él y le dieron el ataúd. El príncipe ordenó a sus lacayos[70] que lo llevaran a hombros. Entonces aconteció que tropezaron con un arbus-

70. Criados, sirvientes.

to y, con la sacudida, el trocito de manzana envenenada que Blancanieves había mordido se le salió de la garganta. Y al poco rato abrió los ojos, levantó la tapa del ataúd, se incorporó y volvió a la vida.

—¡Ay, Dios mío, ¿dónde estoy?! —exclamó.

—Estás conmigo —respondió el príncipe, lleno de alegría, le contó lo que había sucedido y dijo—: Te quiero más que a nada en el mundo; ven conmigo al palacio de mi padre, serás mi esposa.

A Blancanieves le gustó y se marchó con él, y la boda se celebró con gran pompa y lujo.

Pero a la fiesta fue invitada también la malvada madrastra. Como se había engalanado[71] con hermosos vestidos, se colocó frente al espejo y dijo:

—Espejito, espejito de la pared,
la más hermosa de todo el reino, ¿quién es?

El espejo respondió:

—Mi reina y señora,
vos sois aquí la más hermosa,
pero la joven reina es mil veces que vos más preciosa.

71. Vestido y arreglado con ropas muy elegantes.

Entonces la pérfida mujer lanzó una maldición y le entró tanto, tanto miedo que no sabía qué hacer. Primero no quería ir a la boda; pero esta idea no la dejaba en paz: tenía que ir y ver a la joven reina. Y, nada más entrar, reconoció a Blancanieves, y de puro miedo y espanto se quedó allí plantada sin poder moverse. Pero en el fuego estaban preparadas ya unas zapatillas de hierro; las cogieron con unas tenazas y las colocaron delante de ella. Entonces tuvo que ponerse aquel calzado, que estaba al rojo vivo, y bailar con él hasta que cayó muerta al suelo.

Rumpelstiltskin

Érase una vez un molinero pobre que tenía, sin embargo, una hermosa hija. Aconteció entonces que tuvo ocasión de hablar con el rey y, para darse importancia, le dijo:

—Tengo una hija que puede hilar la paja en oro.

—¡Ése es un arte que me agrada mucho! —dijo el rey al molinero—. Si tu hija es tan habilidosa como dices, tráela mañana a mi palacio, la pondré a prueba.

Cuando llevaron a la joven a su presencia, el rey la condujo a una habitación que estaba llena de paja, le dio una rueca y una devanadera[72] y dijo:

72. Instrumento que daba vueltas sobre sí mismo y se usaba para enrollar ovillos o madejas.

—Ahora ponte a trabajar, y si de esta noche a mañana por la mañana no has hilado esta paja en oro, morirás.

Después cerró él mismo la habitación y la dejó sola dentro.

Allí estaba ahora la pobre hija del molinero sin saber qué hacer para salvar su vida: no sabía en absoluto cómo hilar la paja en oro y su miedo era cada vez mayor, de manera que acabó por echarse a llorar. Entonces, de repente, se abrió la puerta, entró un hombrecillo y dijo:

—¡Buenas noches, joven molinera, ¿por qué lloráis tanto?

—Ay —contestó la muchacha—, tengo que hilar paja en oro y no sé cómo hacerlo.

—¿Qué me das si te la hilo yo? —respondió el hombrecillo.

—Mi collar —dijo la muchacha.

El hombrecillo cogió el collar, se sentó a la ruequecilla y, zis, zis, zas, estirando tres veces, la bobina se llenó. Luego metió otra y, zis, zis, zas, estirando tres veces, la segunda bobina también se llenó, y continuó así hasta llegar la mañana: entonces la paja estaba ya toda hilada y todas las bobinas llenas de oro. Al salir el sol vino el rey y, al ver el oro, se quedó perplejo y se alegró, pero su corazón se volvió más codicioso. Hizo llevar a la hija del molinero a otra habitación llena de paja, que era mucho más grande, y le ordenó que la hilara también en una noche si apreciaba en algo su vida. La muchacha no sabía qué hacer y empezó a llorar; entonces volvió a abrirse la puerta y el hombrecillo apareció y dijo:

—¿Qué me das si te hilo la paja en oro?

—El anillo de mi dedo —respondió la muchacha.

El hombrecillo cogió el anillo, empezó otra vez a zumbarle a la rueca y al llegar la mañana había hilado toda la paja en reluciente oro. El rey se alegró sobremanera al verlo, pero todavía no se había hartado de oro, así que mandó llevar a la hija del molinero a una habitación aún mucho mayor llena de paja y le dijo:

—Tienes que hilarla también esta noche, pero si lo consigues, serás mi esposa.

«Aunque sea la hija de un molinero —pensó—, no voy a encontrar otra mujer más rica en el mundo.»

Cuando la muchacha se quedó sola, el hombrecillo volvió por tercera vez y dijo:

—¿Qué me das si te hilo la paja también esta vez?

—No tengo nada más que pueda darte —respondió la muchacha.

—Entonces prométeme que me darás a tu primer hijo cuando seas reina.

«Quién sabe las cosas que pueden pasar», pensó la hija del molinero y, presa del apuro, no supo cómo salir de él: así pues, le prometió al hombrecillo lo que pedía y, a cambio, el hombrecillo volvió a hilar la paja en oro. Y cuando el rey llegó por la mañana y lo encontró todo tal como había deseado, se casó con ella y la hermosa hija del molinero se convirtió en reina.

Al cabo de un año dio a luz a un precioso niño y ni siquiera se acordaba ya del hombrecillo; entonces, éste entró de repente en su cuarto y dijo:

—Ahora dame lo que me has prometido.

La reina se asustó y le ofreció todas las riquezas del reino si le dejaba a su hijo, pero el hombrecillo dijo:

—No, prefiero algo vivo a todos los tesoros del mundo.

Entonces la reina empezó a lamentarse y a llorar de tal forma que el hombrecillo se apiadó de ella.

—Te doy tres días —dijo—; si para entonces sabes mi nombre, podrás quedarte con tu hijo.

Entonces ella se pasó toda la noche pensando en todos los nombres que había oído en alguna ocasión y envió a un mensajero por todo el país para que se informase por todos los rincones de los nombres que había. Cuando al día siguiente llegó el hombrecillo, ella empezó con los de Melchor, Gaspar, Baltasar y dijo todos los nombres que sabía, uno tras otro, pero a cada uno el hombrecillo decía:

—No me llamo así.

El segundo día mandó preguntar por las cercanías cómo se llamaba la gente por allí, y le dijo al hombrecillo nombres muy raros y poco habituales:

—¿Te llamas acaso Carrasclás, Pantaleón o Patalambre?

Pero siempre respondía:

—No me llamo así.

Al tercer día, el mensajero regresó y le contó:

—No he encontrado un solo nombre nuevo, pero al llegar a lo alto de un monte en un lejano recodo del bosque, vi una casita y, delante de ella, ardía un fuego y, alrededor de las llamas, daba sal-

tos un hombrecillo muy ridículo, que brincaba sobre una pierna y gritaba:

—Hoy hago el pan, mañana la cerveza,
pasado mañana voy por el hijo de la reina,
¡ay, ay, qué bien que nadie pueda saber
que mi nombre Rumpelstiltskin es!

Ya os podéis imaginar lo contenta que se puso la reina al oír el nombre, y cuando poco después entró el hombrecillo y preguntó:

—Bueno, señora reina, ¿cómo me llamo?

Ella preguntó primero:

—¿Te llamas Kunz?

—No.

—¿Te llamas acaso Rumpelstiltskin?

—Eso te lo ha dicho el diablo, eso te lo ha dicho el diablo —chilló el hombrecillo y, de pura rabia, dio un golpe tan fuerte en el suelo con el pie derecho que se hundió hasta la cintura; luego, lleno de rabia, se agarró el pie izquierdo con ambas manos y se partió a sí mismo en dos.

Jacob y Wilhelm Grimm

La importante ciudad de orfebres de Hanau (Alemania) vio nacer en 1785 a Jacob y, en febrero del año siguiente, a Wilhelm, hijos mayores del matrimonio Grimm. Los dos pequeños, a los que siguieron otros seis hermanos, vivieron una infancia feliz en una casa amplia rodeada de un gran jardín. Sin embargo, cuando los niños contaban con once y diez años, un hecho cambiaría sus vidas: la muerte de su padre entristeció a toda la familia y los condujo a la pobreza. Jacob y Wilhelm tuvieron que ayudar a su madre durante dos años hasta que, gracias al favor de su tía, se marcharon a estudiar a Kassel. Al crecer, demostraron tener un carácter muy diferente: Jacob era tímido y Wilhelm, en cambio, muy sociable. Pero los dos compartían el esfuerzo en los estudios, como demostraron en el colegio y en la universidad. Ambos se interesaron por investigar los cuentos populares alemanes, recopilándolos y reescribiéndolos hasta componer sus famosos *Cuentos*. También iniciaron el proyecto de un gran diccionario, que dejaron inacabado en la palabra *fruta* por la muerte de Wilhelm en 1859. Jacob, apenado y solo, falleció cuatro años después.

ÍNDICE

Austral Intrépida recopila las obras más emblemáticas de la literatura juvenil, dirigidas a niños, jóvenes y adultos, con la voluntad de reunir una selección de clásicos indispensables en la biblioteca de cualquier lector.

OTROS TÍTULOS DE LA COLECCIÓN:

Peter Pan y Wendy, J. M. Barrie
El mago de Oz, L. Frank Baum
A través del espejo y lo que Alicia encontró allí, Lewis Carroll
Alicia en el país de las maravillas, Lewis Carroll
Las aventuras de Pinocho, Carlo Collodi
El perro de los Baskerville, Arthur Conan Doyle
Robinson Crusoe, Daniel Defoe
Canción de Navidad, Charles Dickens
El Libro de la Selva, Rudyard Kipling
El rey Arturo y sus caballeros de la Tabla Redonda, Roger Lancelyn Green
La Isla del Tesoro, Robert Louis Stevenson
Las aventuras de Huckleberry Finn, Mark Twain
Las aventuras de Tom Sawyer, Mark Twain
Viaje al centro de la Tierra, Jules Verne
El fantasma de Canterville y otros cuentos, Oscar Wilde